북한 작가들의 지역 이야기 소설집

해주 인력시장

북한 작가들의 지역 이야기 소설집
해주 인력시장

초판 1쇄 인쇄 2022년 1월 20일
초판 1쇄 발행 2022년 1월 27일

지은이 | 김주성 설송아 도명학 이지명
펴낸이 | 방준식

펴낸곳 | 예옥
등록 | 2005년 12월 20일 제2005-64호

편집 | 방민호·이가은
디자인 | 봄길

주소 | 서울시 은평구 불광로 122-10, 3403동 1102호(불광동)
전화 | 02)325-4805
팩스 | 02)325-4806
이메일 | yeokpub@hanmail.net

ISBN 978-89-93241-77-8   03810

2021년도 서울대학교 통일평화연구원의 재원으로 통일기반구축사업의 지원을
받아 수행된 결과물임.

This research was part of the project "Laying the Groundwork for
Unification" funded by the Institute for Peace and Unification Studies
(IPUS) at Seoul National University.

북한 작가들의 지역 이야기 소설집

해주 인력시장

김주성
설송아
도명학
이지명

방민호 · 이가은 편

예옥

| 차례 |

조개 전쟁

김주성

해주 인력시장

설송아

황해도 데미지

도명학

엄마의 과거

이지명

해설
황해도라는 지역, 황해도의 사람, 이로써 황해도의 삶

이가은

조개 전쟁

김주성

김주성

2008년 탈북하여 2008년 대한민국 입국. 북한에서는 조선문학창작사 현직 작가로 국가 과학원 일용화학연구소 실장을. 남한에서는 북한자유연맹 대표 이사와 전 북한망명펜센터 사무국장 겸 부이사장을 역임했다. 저서로는 『한 국이 낯설어질 때 서점에 갑니다』(2019년 11월27일 어크로스), 『뛸수 없는 개 구리 −북한 세뇌문학의 실체』(跳べない蛙"北朝鮮「洗脳文学」の実体, 2018 년 4월21일 일본 후타바사)가 있다. 현재 한국소설가협회 회원, 사단법인 배 우고 나누는 무지개 상임이사로 활동 중이다.

서해는 북한의 보물고와 같은 곳이다. 평안남북도와
황해남도까지 이어진 해안선은 대체로 갯벌들이어서 그
만큼 갑각류나 조개류들이 서식하기 좋은 곳이기도 하
다. 1980년대까지만 하여도 주민들이 썰물에는 갯벌에
나가 마음대로 조개잡이를 하였다. 황해남도 하면 가장
많은 조개가 바지락이요, 대합조개, 소라, 꽃게, 광어도
풍부하다.

해주시를 중심으로 북쪽으로는 강령, 옹진반도를 따
라 태탄, 룡연군, 남쪽으로는 청단, 연안, 배천군이 줄지

어 바닷가에 있다.

썰물을 따라 "조개 칼"(조개를 캐기 위한 도구, 끌개라고 부른다)과 호미를 들고 갯벌을 횡보하면서 조개를 캔다. 바닷가 마을 사람들은 매일 썰물 시간에 맞춰 조개를 캐서 먹기도 하고 팔기도 한다.

시장에서는 건어물도 많고 특히 젓갈류들도 다양하게 팔리고 있다.

강령군에는 천해양식 사업소가 자리 잡고 있어 미역, 다시마를 대대적으로 양식하고 있어 전국구에 공급되어 있는 것도 특징적이다.

또한 옹진군에는 북한에서도 고온으로 유명한 유황온천이 있다. 온천수가 얼마나 뜨거운지 욕조에 물을 받아 놓고 3일은 식혀야 입욕할 수 있다. 이곳 주민들은 닭털을 뽑거나 달걀을 삶는 것도 온천물에 바로 담가 불과 몇 분 만에 문제를 해결하고 있다.

이렇게 좋은 곳이 "고난의 행군"이라고 하는 대집단 아사 시기를 겪고 통치자의 선군정치가 시작되면서 외화를 벌어들이기 위한 전쟁터로 바뀌게 되었던 것이다. 한마디로 삶을 위한 살아남기 위한 생존 전쟁이었다.

그렇게 하여 아름답고 평화롭던 서해바닷가에서 전쟁의 서막이 열리게 되었다.

1. 일확천금의 비밀

오늘은 해마다 찾아오는 북한의 최대명절이다. 언제부터인지는 기억이 안 나지만 이날을 두고 사람들은 '돼지고기'를 먹는 날이라고도 한다.

1년치고 몇 번 없는 뜻깊은 날이라지만 점점 핍박해지는 삶 속에서 그나마 돼지고기를 먹지 못하고 두부 한모를 놓고 쓸쓸한 하루를 보내는 사람들도 많다.

"고기가 좀 남았는데 아랫집 영재네 집에 가져다줄까요?"

나름대로 푸짐한 저녁을 먹고 나서 아내가 조심스럽게 말을 꺼낸다.

"당신 맘대로 해. 옛말에 빈민구제는 하나님도 못 한다고 했는데 그러거나 말거나."

"그 빈민구제란 걸 좀 해봅시다그려, 늘 잘난 체만 하지 말고 쥐뿔 없으면서 허세만 가득차 가지고."

"이 사람이 점점 한다는 소리가. 얼른 그릇에 담아봐. 내가 가져다주게."

아내가 나를 보고 미소를 던진다. 결혼한 지 10년이 넘었지만, 마음이 너무 고운 게 탈이다. 요즘 세상 그렇게 살면 안 되는데 도통 말을 안 듣는다. 천성이 그런 걸 어찌하랴, 푸념도 해보지만, 소용이 없다.

그만큼 내가 벌면 되는 거지 뭐, 요즘엔 조개로 부자가 된 사람들이 많다고 들었다.

아래층 영재네처럼 온 가족이 이른 새벽에 집을 떠나 야밤중에 도둑고양이처럼 돌아오는 '나무꾼'은 되지 말아야 하니까.

고난의 행군이 시작된 지 여러 해가 지났지만, 산에 가서 나무를 해다 파는 사람들을 '강 마지막'이라고 했다. (막바지라는 뜻)

사실, 예전에야 영재네가 우리보다 더 잘살았지, 공산대학의 경제부 학장이었으니까. 맨날 돼지고기 남았다고 우리보고 갖다 먹으라고 했었는데, 이렇게 처지가 바뀌다니 현실은 정말 엄혹하지.

그래도 나는 "주체 시대가 아닌 외화 시대"[1]가 오자마자 발이 빠르게 장사의 길에 나섰다.

'사회주의를 지키자'라고 매일 노래처럼 외우고 있었지만 나는 사회주의가 아니라 소중한 우리 가족을 지켜야 했으니 말이다.

"계십니까. 3층에서 왔습니다. 영재 어머니~~"

"네~~ 나가요. 성민이 아버지구나. 밤중에 웬일로."

"애 엄마가 고기 좀 가져다주라고 해서요."

"아이고~~ 고마워라. 어서 들어와요. 마침 영재 아버지도 방에 있어요."

"그래요? 그럼 얼른 술 한 병 사다 주세요. 오랜만에 한잔하게요."

"성민네 덕분에 명절날 고기도 먹고 술도 마시고. 남편한테 술 한 잔 제대로 대접 못 한 것이 가슴이 아파서."

"울지 마세요, 예전엔 우리가 영재네 집에서 많이 얻어먹기도 했잖아요. 얼른 가서 사 오세요. 자요. 이거 돈.

---

1 사회주의 이념이 철저히 구현되고 김일성 주의로 사상적 결속이 이루어진 주체 시대가 어려운 경제 상황과 아사 때문에 시장경제 요소들이 생겨난 것을 북한 주민들이 비꼬아 말한 표현

참, 두부랑 애들 간식거리도 좀 사 오고요."

바람만 불어도 날아갈 듯이 야윈 영재 엄마가 쏜살같이 사라졌다.

참 가슴 아픈 일이다. 엊그제까지만 해도 아파트에서 제일 부유한 집으로 자처하던 사람들이 이렇게 바뀌다니.

"자네 요즘 뭐해서 돈을 벌고 있나?"

여러 번 술잔이 돌고 난 다음 영재 아버지가 넌지시 묻는다.

"뭐 닥치는 대로 합니다. 원산에 가서 일본산 중고자전거도 가져오고. 외화벌이 회사에 친구가 있어서 조개랑 꽃게 같은 것도 위탁받아서 주기도 하고요."

"그렇게 고생하지 말고 앉아서 큰돈을 벌 생각은 없나?"

"세상에 그런 장사가 어디 있기나 해요? 영재 아버지도 참 순진하시네."

"자네 요즘 조개로 벼락부자가 된 외화벌이 사장들 이야기 들어봤지?"

"들었어요. 바닷가에 씨조개(어린 조개) 뿌려서 떼돈 번다는 그거 말이죠?"

영재 아버지가 술 한 잔을 쭉 들이켜더니 머리를 끄덕거렸다.

"세상에 울타리도 없는 바닷가에 돈을 처넣고 살아있는 조개가 가만히 있는데요? 듣자니까 바지락조개도 하룻밤에 10리를 이동한다던데 날바다에서 조개를 키운다는 것은 사기예요. 사기."

"그러니까 울타리가 있는 곳이라면 도망가지 못할 거 아닌가?"

"아니 드넓은 바다에 무슨 울타리가 있다고 그래요? 헛 참, 취하셨나?"

"자네, 내가 산에서 나무나 해오는 빈털터리 신세라고 깔보는 건가?"

술잔을 기울이다가 묵직한 그 한마디에 깜짝 놀란 나는 당황하였다.

"평생을 거짓말 못 해보고 살아온 날세. 요즘 세상에 돈이 없으면 나처럼 된다는 건 삼척동자도 알 노릇이야. 한번 들어 보기나 해."

영재 아버지의 이야기는 이러했다.

경계도 울타리도 없는 날바다에 조개를 뿌려서 양식을 하는 것이 아니라 황해남도의 연안군에 있는 염전사업소의 저류지에 조개를 뿌리면 완벽하다는 이야기였다.

황해남도의 연안군과 배천군은 6·25 전에 남쪽 땅이었다.

연백군이었던 것을 38선이 다시 그어지면서 연안군과 배천군으로 행정구역이 나누어진 곳이다.

연안군에 있는 염전사업소는 일본 강점기에 만들어진 곳인데 남한의 교동도와 가장 가깝기도 했다.

대학 시절 농촌지원 때문에 자주 가본 곳이지만 정말 이상한 지역이었다.

그곳 주민들은 장롱 속에 남몰래 이승만 대통령의 초상화와 태극기를 감추고 살았다는 이야기도 들었고 "진달래꽃 필 때, 미군이 다시 돌아온다"라는 말을 믿고 기다리는 사람들도 있다는 괴이한 이야기도 들은 적 있었다.

당국이 그런 주민들의 사상 동향을 견제하여 그곳 사람들을 모두 함경도로 이주 보내고 대신 함경도 사람들을 데려왔다고 한다.

아무튼 나는 그날 밤 영재 아버지의 이야기를 듣고 마

음이 상당히 움직였다.

고난의 행군이라는 불행이 닥쳐왔지만 동시에 북한 땅
에 시장이 형성되고 일종의 암시장경제가 도래한 것도 바
로 이 시기였다.

너도나도 장사하지 않으면 굶어 죽게 된 그 시절, 가장
두각을 나타낸 신흥 부자들이 바로 외화벌이 회사 사장
들이었다.

그들은 권력 있는 기관들의 간판을 걸고 바닷가를 차
지하여 저마다 조개양식을 한다고 우쭐거리기도 하였다.
말이 양식이지 실제는 자기들이 차지한 바닷가에 서식하
고 있는 자연산 조개들을 중국에 팔아먹고 큰 잇속을 채
우고 있을 따름이다.

몇 년 동안 조개를 캐 먹다 보니 씨가 말라 평안도 바
다에서 산란한 씨조개들을 봄철에 사다가 뿌리고 가을
철에 상선을 시켜 팔아먹기도 했다.

좀더 구체적으로 말하면 봄철에 지름이 1cm 정도 되는
씨조개를 1t에 250~300달러로 사다가 뿌려 가을철에
2.5cm 정도로 자라게 되면 1t에 950~1,000달러로 수출
을 한다.

그냥 뿌려만 놓고 먹이를 따로 주는 것도 없었다. 그냥 사람을 동원해서 지키기만 하면 될 일이었다.

"자네 이 비밀은 누구한테도 말하지 말게. 그리고 만약 잘되면 나한테도 단단히 신세 갚음 해주면 되네, 허허."

영재 아버지의 마지막 말이 귓전에서 맴돌았다. 혹시 이 비밀이 나의 인생을 바꾸는 기회가 아닐까, 나도 벼락부자가 될 수도 있겠구나, 라는 공상, 망상 때문에 밤새 잠을 이룰 수 없었던 것만은 사실이었다.

2. 보물창고의 비밀

"형님 진짜 된다니까요!"

벌써 두 시간 동안 이 말을 몇십 번 꺼냈는지 모른다.

친형제처럼 지내는 의과대학 박사인 지호 형님은 술잔만 기울일 뿐 묵묵부답이었다.

"날바다가 아니라 사방이 막힌 곳이다 보니 조개가 없어지질 않아요. 그리고 그쪽은 감탕(갯벌) 땅이라 바지락 조개보다 대합조개(백합 조개)도 잘 자란다고 해요. 형님

아세요? 바지락은 1t에 1,000달러지만 대합은 8,000달러에요. 이건 완전히 일확천금이 아니라 일확만금이란 말이에요!"

"아무리 좋은 장사라 해도 돈이 없으면 빛 좋은 개살구야. 먹고 싶어도 못 먹는 그림의 떡이라고. 가진 것만큼만 벌고 그걸로 만족해!"

며칠 전 영재 아버지의 이야기를 듣고 도무지 흥분을 가라앉힐 수가 없어 나는 다음날부터 여기저기 다니면서 염전사업소의 저류지에 대한 정보를 알아보기 시작하였다.

이야기를 들어 볼수록 무조건 된다는 확신이 섰다. 저류지는 바닷물을 15일에 한 번씩 받아다가 소금밭에 급수를 하는 저수지 같은 곳이었다.

바닷물이 새지 않게 사방을 석축으로 쌓아놓았다고 하니 그야말로 완벽한 양식장이라는 확신을 두게 되었다. 남은 건 현장을 답사해보고 결심을 내리고 바로 조개를 사서 뿌리기만 하면 된다. 그런데 문제는 돈이 없었다. 고작해야 내가 가진 장사밑천이란 3천 달러 정도였다. 바지락조개와는 달리 가격대가 8배 정도 비싼 대합조개는 원천을 모으기가 만만치 않았다. 그러다 보니 얼추 계산을 해봐도 5,000달러 이상은 돼야 일확천금을 할 수 있을 것 같았다.

생각하다 못해 평소에 친형제처럼 지내던 변 박사를 찾은 것이었다.

그는 일본에서 북송된 재일교포인데 해마다 친척들이 돈을 보내주다 보니 소문 없이 잘 사는 부자였다.

"여보, 한번 현장에 가보기라도 해요. 삼촌이(북한에서는 도련님보고 삼촌이라고 부른다) 사기를 치자는 것도 아니고 나도 좀 푼푼이 벌 수 있으면 좋겠어요. 윤미(딸)도 시집보낼 때가 돼 오고, 윤철(아들)이도 대학에 보내야 하잖아요."

"당신은 모르면 가만히 있어, 장사를 단 한 번도 안 해봤는데 그냥 있는 돈을 사기당하지 않고 지키는 게 버는 거야. 동생도 잘 생각해보고 가진 돈만큼만 해보게나. 결과를 놓고 그다음에 이야기합세."

"아니 형님, 지금이 5월인데 대합조개가 상선되는 건 12월부터 1월이에요. 지금 현장에서 대합이 1t에 3,000달러 정도예요. 생각해보세요, 몇 배가 이윤인가. 그리고 지금 작은 조개는 1,500달러에도 산단 말이에요. 그것들이 올해 겨울이 되면 8,000달러로 팔린다고요."

"조개란 것도 생물인데 생태환경이 어떤가에 따라 죽기도 하고 그런 거야. 잘 따져보고 신중해야지⋯⋯."

"형님, 한번 현장에 가봅시다. 가보고 결정을 짓죠."

결국 이렇게 결론이 나고 며칠 후 나와 박사 형님은 연안군에 있는 염전사업소의 저류지에 가게 되었다.

    *

"보다시피 바닷물이 출렁거리는 보물창고죠."

연안군의 군중 외화벌이 사업소의 지도원이라는 양반이 도시에서 내려온 우리에게 자신 있게 말했다.

정방형의 인공호수와 같은 저류지에 바닷물이 출렁거리는 광경을 보고 나와 박사 형님은 신심을 가지게 되었다.

"형님 어때요? 될 것 같죠?"

"그래, 듣던 것과는 다르긴 하네. 그런데 워낙에 도둑이 살 판치는 때라 경비를 철저하게 세워야 할 텐데."

"걱정하지 마세요. 내가 이곳에 눌러앉아서 살 겁니다. 그리고 믿을 만한 친구들을 몇 명 데리고 올 거예요."

"경비는 우리 쪽에서도 믿을 만한 처녀들을 몇 명 세우 겠습니다. 밥도 하고 살림도 돌보면서요. 저랑 반 년만 같이 고생해봅시다."

김현철이라고 하는 군중 외화사업소의 지도원이 손을 내민다.

끝이 안 보일 정도로 드넓은 염전의 한쪽 구석에 자리를 잡은 저류지에는 건물까지 마련되어 있어 숙식도 가능했다.

스무 살 갓 지난 처녀들이 여러 명 우리를 보고 깍듯이 인사를 한다.

모두 귀엽게 생긴 시골 아가씨들이어서 그런지 순진해 보였다.

"넌 이름이 뭐니?"

유난히 눈에 뜨이는 단발머리의 처녀에게 말을 걸어보 았다.

"효순이라고 합니다."

"이름이 좋네!"

"나라에 효도하고 장군님에게 효도하고 부모님에게 효도하라고 아버지가 지어주셨어요."

연안군과 배천군은 억양이 남한과 다를 바 없었다. 그래서 북한에서는 이곳과 개성사람들의 말투가 달라서 놀리기도 했다.

효순이는 나이를 물어보니 나의 둘째 아들과 동갑이었다. 그렇지 않아도 딸이 없었던 지라 그들과의 만남이 반갑기도 하였다.

밤이 되자 늘 그러하듯이 전기가 안 들어와 캄캄한 방 안에서 등잔불을 켜놓고 밥을 먹게 되었다.

"요즘엔 정전이 더 심합니다. 거의 한 달 동안 전기가 안 와서 바닷물을 염전에 대주지 못해 사람들이 물지게를 지고 퍼 나른 적도 있었어요."

현철 지도원이 넌지시 말했다.

"어디나 마찬가지지 뭐. 그런데 저기 유달리 밝은 곳은 어디요?"

창밖으로 보이는 불야성을 가리키며 내가 물었다.

"저게 교동도라고 남조선 땅이죠. 우리가 쳐들어갈까 봐 불빛 봉쇄를 한다고 해요"

"저놈들은 전기가 남아 돌아가나 보지?"

평소에 고지식하기로 소문난 박사 형님이 있는 그대로

말했다.

"형님, 말조심 하세요. 그러다가 보위부에 끌려가겠소이다, 하하."

"보이는 그대로 말한 건데 뭐가 어째서, 우리야 국방을 강화하기 위해 전력생산이 부족한 것도 사실이고."

"아이고 형님들 별걱정을 다합니다. 여기 사는 사람들은 다 알아요. 그나마 저 불빛 때문에 밤엔 등잔불을 켜지 않아도 된다고 좋아하는 걸요, 하하."

저녁을 먹고 나서 밖으로 나가 보니 정말 그 불빛은 강력했다. 어두운 곳에서 밝은 곳을 바라보니 마음이 흐뭇해졌다.

그리고 그 불빛이 정겹게 느껴지기도 했다.

"형님 저 불빛 때문에 야간에도 경비 서기가 헐하겠네요. 정말 명당자리 같아요. 이 동생만 믿고 가만히 앉아 계세요. 달러 뭉치를 안겨드릴 테니까."

"그래도 나도 뭔가 해야지, 너만 여기서 고생하게 놔둘 순 없지. 열흘에 한 번씩 와서 일손도 도와줄 테니 걱정하지 마."

그날 밤, 교동도의 불빛을 바라보면서 조개 전쟁의 서

막은 열리게 되었다. 기대하고 희망을 안고 선전포고를
한 셈이다.

하지만 그때는 몰랐다. 패배의 쓴맛을 보고 땅을 치면
서 후회하고 결국 이 땅을 떠나게 될 줄 꿈에도 몰랐다.

그리고 나 자신이 불 밝은 남쪽 땅에 가게 될 줄은 더
더욱 몰랐다.

3. 믿을 만한 사람들

6월에 접어들면서 나는 갓 제대한 동생뻘 되는 청년 두
명을 데리고 염전으로 왔다. 아내는 장사밑천을 모두 가
지고 나가는 남편에게 근심 어린 어조로 말했다.

"당신 그 돈마저 날리면 우리도 굶어 죽어요. 그냥 하
던 장사나 하지 왜 갑자기 조개 타령이요? 닭똥이 물엿
같아도 못 먹는다는 말도 있잖아요."

"믿고 기다려봐, 큰 집으로 이사도 하고 일본산 자전거
도 한 대 사줄 테니까."

나는 꼭 잘될 것이라는 확신을 하고 있었다. 발걸음도

가볍게 연안 땅으로 향했다.

　결국 박사 형님이 준 돈까지 총 자본금은 6,000달러였다. 그 돈으로 대합조개를 2t만 사서 보관을 한다고 해도 11월에 가서 24,000달러가 된다. 외화벌이 사업소와 반반으로 나누는 조건이라 12,000달러를 가져도 최소한 나와 박사 형님은 투자액의 2배는 가지게 되는 셈이다. 하지만 변수는 조금 작은 대합조개를 사서 넣게 되면 이윤은 더 많이 나게 된다. 중국으로 수출되는 대합조개는 정품과 비품으로 나뉘는데 정품은 직경 4.5㎝ 이상이고 비품은 그 이하이다. 비품 가격은 지금 누구도 사는 사람이 없어 1t에 2,000달러면 살 수 있었다. 만약 이 비품 조개가 몇 달 동안 정품으로 자라난다고 하면 그대로 게임은 끝나는 것이다.

　만약에 비품 조개가 자라지 않았다 해도 연말에 상선이 시작되면 비품 단가는 정품의 반 가격으로 팔린다. 즉 6,000달러인 셈이다.

　나를 따라나선 군 출신 청년 두 명은 십년지기 동생 뻘들이었다. 창남이와 충성이라는 청년들이었는데 둘 다 건장하고 믿음직했다.

그들에게는 한 달에 쌀을 30킬로씩 주고 연말에 석탄 2t을 주고 현금으로 1,000달러씩 주기로 약속을 했다. 그들에게 1,000달러는 그야말로 큰돈이었다.

　"형, 경비는 걱정 마요. 알아보니까 염전의 해안선을 지키는 해안경비대 초소들이 있다고 들었는데 그놈들만 잘 감시하면 될 것 같아요."

　"너희만 믿는다. 군중 외화 처녀들은 도적질을 안 한다고 보지만 그래도 믿으면 안 되는 거야, 알지?"

　"야~참, 도시 총각들이 뭐가 모자라서 농촌 처녀들에게 넘어가겠어요. 어이가 없네."

　"그래, 이번에 돈벌어서 빨리 장가나 가라. 너희 엄마가 걱정하던데 금방 서른 살 된다고."

　"네, 잘되면 형이 더 주면 되죠 뭐. 우리 어머니에게 주지 말고 나한테 줘요."

　나는 먼저 천 달러를 북한 돈으로 환전해서 유리 양말(스타킹) 속에 넣어서 허리에 차고 갔다. 당시 100달러는 북한 돈으로 20만 원 정도였으니 5,000원권으로만 준비해도 양이 많았다. 그 돈으로 대합조개를 사기 시작한 것이다.

전에 나를 반겨주었던 효순이가 제일 먼저 달려 나왔다.

"지도원 동지, 고생하셨습니다. 식사부터 하세요."

"효순이구나, 잘 부탁한다. 여기 도시 총각들도 데리고 왔어."

창남이와 충성이를 보자 효순이는 부끄러운지 내 손을 붙잡고 방안으로 끌고 간다.

아, 이런 딸이 있으면 얼마나 좋을까…….

"형님 오셨구먼. 오늘부터 조개를 수매 받는다고 이 지역에 소문을 내놓았습니다."

현철 기지장(군중 외화사업소의 염전기지장이라고 한다)이 밥상을 마주하고 기다리고 있었다.

"그래? 가격은 어느 정도인가?"

"형님, 놀라지 마세요. 지금 정품은 1킬로에 5,000원 정도면 사겠더라고요. 비품은 2,500원이요."

"정말이야? 그렇다면 1t에 500만 원이면 된다는 소린가? 푼푼이 잡고 2,500달러라고?"

"네, 맞아요. 대신에 양이 많지 않죠. 그래서 배천군이나 청단군까지 손을 뻗쳐 1t 모으려면 20일이면 충분할 것 같아요. 내가 오토바이가 있으니 부지런히 50킬로씩

날라와야죠."

정말 횡재였다. 먹고 쓰고 경비를 포함해서 3,000달러로 1t을 산다고 해도 상선 시기에는 12,000달러로 팔린다고 보면 그야말로 대 폭리였다.

나는 하늘을 나는 것만 같았다. 정품이 많지 않아도 비품만 모아도 폭리는 마찬가지였다.

"얘들아, 여기 읍내에 가서 돼지고기랑 맥주랑 사와. 오늘 밤엔 마음껏 먹고 내일부터 열심히 일해보자!!"

그때 나는 벌써 돈방석에 앉은 기분이었다. 그리고 그날 밤 현철의 오토바이를 타고 읍내에 나가 박사 형님에게 전화했다. 도시에는 집 전화가 있었지만 연안 읍에는 없어서 체신소(우체국)까지 가야 했다.

"형님!! 돈방석에 앉게 됐소이다."

현장 실태를 듣고 나서 박사 형님이 호탕하게 웃는 소리가 귀청을 때렸다.

그날 밤 우리는 진탕 치듯 먹고 마시고 저 멀리 교동도의 불빛 아래 춤까지 추면서 축제의 밤을 보냈다.

다음날부터 인근 주민들이 조개를 가지고 왔다. 그리고 조금씩 사들였다. 조개를 재는 것은 지름측정기(버니어

캘리퍼스)를 사용했다.

정품과 비품의 가격이 차이가 나니까 정확히 4.5㎝를 재기 위해서이다. 애매한 크기의 어떤 것은 정품도 비품이라고 우겨서 반값만 주기도 하였다.

조개를 재고 무게를 따르고 하는 일은 효순이를 비롯한 처녀들이 전담하였다.

나는 돈을 치러주는 "인간 금고"인 셈이다.

"얌전하게 생겼는데 보통내기들이 아니네? 아까 조개는 분명 정품 같던데 말이야."

"지도원 동지, 그렇게 안 하면 돈 못 벌어요. 지금 조개를 사는 사람이 없으니까 먹고살자면 결국 팔게 되어 있습니다."

수련이라고 부르는 처녀 대장이 똑 부러지게 말한다.

"그래도 그 조개를 잡자고 온종일 갯벌을 헤치면서 다니잖아. 좀 불쌍하기도 해."

"지도원 동지!! 장사하자면 독사가 돼야 한다고 우리 어머니가 말씀하셨어요."

"어이구~~ 무서워라. 알았어, 너네한테 맡길 테니 알아서 해."

내가 쩔쩔매는 것을 보고 효순이가 소리 없이 웃고 있다.

"넌 뭐가 재미나서 웃고 있냐?"

"우리 아버지 생각이 나서 그래요. 고지식하고 동정심이 많고 닮았어요"

애젊은 처녀들은 정말 일도 잘하고 밥도 잘하고 야간에 경비도 잘 서고 나무랄 데 없었다. 도시 처녀들이라면 절대로 이런 일은 안할 것 같은데 그들은 안 그랬다.

날이 갈수록 믿음이 가고 친딸처럼 친근해졌고 나중에는 어느 정도 현금도 맡겨서 용돈벌이도 시켰다.

즉 기지에서 내가 사들이는 가격에 500원 정도의 보상금을 붙여준 것이다. 처녀들이 나가서 직접 사 온 조개는 그만한 돈을 더 붙여준 것이다.

그랬더니 애들이 겨끔내기로 조개를 사들여 오기 시작하였다.

하루에 50킬로, 70킬로, 어떤 날에는 100킬로 이상 들어오기도 했다.

사들인 조개는 그 자리에서 바로 코앞에 있는 저류지 바닷물 속에 뿌렸다. 해수는 한 달에 한 번씩 뽑고 다시

수문을 열어 가득 채운다.

매일 경비를 서야 하지만 특히 해수를 염전에 뽑을수록 수위가 낮아지니까 그때부터 눈에 쌍심지를 켜고 지켜야 했다.

"창남아, 고생이 많다. 조금만 참자."

가끔 밤마다 고생하는 그들이 애처로워 말동무를 해주기도 했다.

"고생은 괜찮은데 이놈의 바닷가 모기들이 장난 아니에요."

듣고 보니 연안 모기는 북한에서도 '악질'로 유명했다. 사실 여부는 모르겠지만 연안 모기가 잠입한 남한 간첩을 잡았다는 이야기도 있다.

서해를 통해서 연안군 해안에 침입한 간첩이 날이 밝을 때까지 풀숲에 숨어있다가 너무나도 모기에 물려 두 손 들고 투항을 했다는 이야기이다.

그런데 실제로 그곳 모기들은 사정이 없었다. 가장 괴로웠던 것은 야밤에 화장실을 가게 되면 그야말로 볼일을 볼 수가 없었다.

엉덩잇살을 사정없이 공격해오는 모기들 때문에 손바

닥으로 짝짝 소리가 나게 때리면서 볼일을 봐야 했다.

우리는 물가에 경비 막을 짓고 그곳에 모기장을 이중 삼중으로 쳐서 경비를 서게 했다. 모기장 하나 정도는 능히 뚫고 들어오니 소용이 없었다.

고생 끝에 낙이 온다고 했다. 나는 모기와의 사투를 벌여야 했던 몇 개월 동안 날마다 뿌리는 조개들이 늘수록 마음이 뿌듯했다.

자신처럼 믿고 있는 창남이와 충성이, 그리고 딸과 같은 똑순이 연안 처녀들, 이들과 함께라면 무서울 게 없다는 생각이 깊어만 갔다.

가끔 염전에 찾아온 박사 형님도 상황을 보고 너무 좋아했다. 그러면서 처녀들이 관절염이 있거나 어깨가 아프다고 침도 놔주고 자기가 연구했다는 신경통 주사약을 놓아주기도 했다.

마지막에는 처녀들의 부모님들이 고맙다고 읍내에서 찾아와 음식도 가져오고 정말 훈훈한 분위기를 연출하기도 하였다.

어느덧 몇 달이 지나 가을이 찾아왔다. 나는 손꼽아 상선이 시작되는 11월을 기다렸다. 밤마다 교동도의 불빛이 얼마나 고마웠던지, 나의 조개들을 지켜주는 '탐조등' 역할을 해주었으니 말이다.

4. 사라진 조개와 사라진 믿음

어느 날 밤 효순이가 야간 경비를 서게 되었다. 대체로 초저녁 12시 전까지는 처녀들이 순서대로 경비를 선다. 도적들은 주로 12시 이후에 행동한다고 하니까 그때는 처녀들이 감당할 수가 없었다. 당연히 창남이와 충성이 단단히 보초를 섰다.

"효순아, 고생이 많네."

"아닙니다. 그래도 지도원 동지가 돈을 벌게 해줘서 얼마나 좋은지 몰라요."

"너희가 수고한 값이지 뭐. 어차피 기업에서는 쥐꼬리만 한 월급만 주는 거지?"

"네, 우리 엄마가 너무 좋아해요. 저 무릎 아픈 거 치료도 해주고."

"그런데 너희 아버지는 무슨 일 하시냐? 날 닮았다고

해서 궁금했는데."

"……."

갑자기 효순이가 침묵을 지키면서 입을 꾹 다물었다.

괜한 질문을 한 것 같아 헛기침을 했더니 다시 입을 연다.

"사실 아버지는 없어요. 장기출장 갔다고 들었는데 벌써 10년이 넘었어요."

"그랬구나, 미안해. 쓸데없는 걸 물어서."

북한에서 '장기출장'이라 함은 보위부에 체포되어 어디론가 사라진 것을 흔히 그렇게 비유해서 부른다.

"지도원 동지, 교동도는 매일 밝지요?"

효순이가 생뚱맞게 질문을 던졌다.

"그래 그 덕에 우리 조개들도 잘 지켜주고 있고."

"듣자니까 평양도 저렇게 밝다고 하던데."

"그럼 아무래도 평양은 불이 밝지. 전기도 지방보다는 잘 오는 편이고."

"저도 밝은 곳에 가서 살고 싶어요. 캄캄하고 재미도 없는 이런 곳에서 살기 싫어요."

갑자기 효순이의 말투가 심란해진다. 뭔가 불만을 품

은 듯도 하고 억울함을 호소하는 것 같기도 하고.

"지도원 동지, 난 조개를 볼 때마다 나랑 똑같다는 생각이 들어요."

"허허 참, 너도 참 엉뚱하구나. 그게 무슨 소리냐?"

"답답해요. 조개처럼 껍질 속에서만 살아야 하고. 그래도 우리가 뿌린 이 조개들은 행복한 셈이죠."

"왜? 난 네가 더 행복하다고 생각하는데?"

"얘네들은 중국에 갈수 있잖아요!!"

갑자기 웃음이 터져 나왔다. 엉뚱하면서도 알지 못할 깊은 의미를 담은 효순이의 목소리가 사랑스러웠다.

"너도 참, 그냥 평양에 시집가면 되지 뭐. 그러다가 남편이 외교관이라도 되면 외국에 갈 수도 있고."

　　…… 우리 만남은 우연이 아니야 그곳은 우리의 바
　람이었어…….

갑자기 효순이가 조용하게 노래를 부른다.

이것이 남조선 노래인 건 나도 알고 효순이도 알고 있지만, 서로가 내색을 안 했다.

남한과 인접한 이 지역에는 TV 방송도 시청할 수 있다고 들었다. 실제로 나도 자주 보기도 했었고. 당연히 효순이가 이 노래를 모를 리 없었다.

"노래 잘하네!"

"지도원 동지, 함부로 믿지 마세요."

"무슨 말을 하는 거니?"

"아니에요, 요즘엔 나쁜 사람들이 많잖아요. 그래서 한 소리에요."

"허허, 어린 네가 나한테 충고를 주다니, 암튼 고맙다."

"호호호, 제가 지도원 동지를 아버지처럼 생각해서 버릇없이 막말을. 저 교대할게요. 들어가서 쉬세요."

"그래 너두 얼른 자."

효순이가 사라진 뒤, 나는 갑자기 엄습하는 야릇한 감정을 누를 길이 없었다.

저 어린 처녀가 도대체 무슨 말을 하려던 것인지. 왜 저런 말을 남기고 갔는지 그때는 도무지 알 수 없었다.

그날 밤, 순진한 효순이의 야릇한 행동의 원인이 무엇이었던지 똑똑히 깨닫게 된 것은 11월이 지나 드디어 조개를 캐던 그날이었다.

5개월 동안 5t 가까운 대합조개를 뿌린 나는 승리의 그 날, 조개 전쟁에서 승전고를 울리게 될 그 날을 맞이하게 되었다.

　　염전마을 사람들을 30명가량 동원하여 바닷물을 말끔히 빼낸 보물고에서 조개를 캐기 시작하였다.

　　한 시간, 또 한 시간, 사람들이 캐낸 조개를 내 눈앞에 쌓기 시작하였다. 하지만 야속하게도 그날 캐낸 조개는 500킬로도 안 되었다.

　　세상에 그럴 수가!! 나는 내 눈을 의심하였다. 절대 그럴 수 없다! 속으로 절규했다.

　　"현철 기지장, 다시 캐보자 이럴 수 없잖아!!"

　　"그러게 말이에요. 이게 왜 이렇게 됐을까요?"

　　창남이와 충성이 다가왔다.

　　"형님, 우리가 목숨처럼 지켰잖아요. 형님도 아시잖아요. 이건 거짓말이에요!"

　　울부짖던 그들도 갯벌에 뛰어들어 미친 듯이 사방을 파본다.

　　나는 다리에서 힘이 빠져 그 자리에 풀썩 주저앉았다.

　　상선을 시키려고 외화벌이 회사의 컨테이너 차가 옆에

서 전조등을 비추고 있다.

"야! 너 어떻게 된 거냐? 설마 나를 속인 건 아니겠지?"

박사 형님도 이날 기쁨을 함께 나누자고 왔는데 눈 앞에 펼쳐진 현실을 보고 소리를 친다.

나는 아무런 대꾸도 못 했다.

그러나 현실은 너무나도 혹독하고 매정했다. 결국 아무리 캐봐도 역시 500킬로가 될까 말까였다. 본전은 고사하고 그동안 쓴 돈까지 계산하면 박사 형님의 본전도 못 맞춘다.

악몽을 꾸는 것만 같았다. 그냥 혼자 있고 싶었다. 결국 화가 난 박사 형님은 나온 조개를 싣고 가버렸다. 연안군 군중 외화벌이 사업소의 지배인도 나왔지만 일어난 사태를 놓고 현철 기지장을 때려잡듯이 질책을 하고 있었다.

"야!! 이 새끼, 너 무슨 일을 이렇게 해. 연말 과제를 널 믿고 있었는데 일전도 못 건지다니, 어떻게 해서라도 돈 가져와!!"

호통만 치고 지배인도 사라졌다.

얼마나 시간이 흘렀는지 나는 추위도 잊고 *텅빈 저류

지 곁에 주저앉아 있었다. 내가 믿었던 주변 사람들은 모두 가버렸다.

캄캄한 어둠 속에서 하염없이 흐르는 나의 눈물을 비춰주는 저 불빛, 교동도의 불빛은 여전히 밝았다. 다소곳이 고개를 숙이고 있노라니 눈물방울이 그 불빛에 구슬처럼 방울방울 떨어진다.

앞으로 닥쳐올 일을 생각하니 끔찍했다. 집안에 빈털터리로 돌아가게 되었으니 가족들은 어떻게 해야 하고 당장 뭘 먹고 살아야 할지 막막했다.

적막한 고요 속에서 누군가 등 뒤에 서 있는 듯했다.

"효순이에요."

울음 섞인 나지막한 소리가 들려왔다.

"그래, 넌 왜 아직도 안 갔느냐?"

"마지막으로 아버지라고 불러보고 싶었어요."

얼마나 아버지가 그리웠으면 저럴까.

"아버지, 힘내세요. 언젠가 밝은 곳에서 살 수 있을 겁니다."

효순이도 그 말을 남기고 사라졌다.

**

그로부터 2년 후 나는 교동도를 찾았다. 무사히 탈북해서 불빛 밝은 곳에 온 것이다.

밝은 곳에서 어두운 곳을 바라보니 아무것도 안 보였다. 내가 저 암흑세상에 있었다는 것이 꿈만 같았다.

참패로 끝난 조개 전쟁이었다. 하지만 숨겨졌던 사실을 1년 후에야 알게 되었다.

만신창이가 되어 연안 땅을 떠나 1년 동안 많은 고초를 겪었다. 빚 독촉에 가정불화, 사기꾼으로 소문이 나고 말 그대로 살아있어도 죽은 목숨과 마찬가지였다.

그러던 어느 날, 검찰소에서 검사로 일하던 지인이 나에게 괴이한 소식을 전해줬다. 연안군 염전에서 조개를 훔쳐서 팔아먹은 돈으로 골동품을 사서 중국에 팔려다가 체포된 범죄자의 입에서 내 이름이 나왔다는 것이다.

그자를 심문하는 과정에 놀라운 사실을 알게 되었던 것이다.

내가 믿었던 사람들, 창남, 충성, 그리고 연안 땅의 똑순이 수련이, 현철 기지장이 모두 공모하였다는 것이었다.

그들은 서로 결탁하여 첫날부터 사들인 조개를 야밤에 캐다가 다음날 나한테 다시 팔았다. 이렇게 바보처럼 나는 가장 믿었던 사람들에게 당했던 것이었다. 그러나 효순이만은 끝까지 나와의 의리를 지켰다고 한다. 그것 때문에 마음고생도 많이 했다고 한다. 몇 번 떠날까 생각을 했지만 나를 두고 그냥 못 갈 것 같아 눌러앉았다고 한다.

진실을 밝힐 용기는 없고 자기만이라도 나를 지켜주기 위해 부지런히 조개를 사다가 양심껏 뿌렸다고 한다. 그러지 말라고 언니들과 창남이, 충성이에게도 울면서 타일렀다고 한다. 하지만 그들은 "절호의 기회"를 포기하지 않았던 것이다. 양심도, 의리도, 모든 것을 저버리면서까지 자신들의 탐욕을 채웠던 것이다.

나는 그 땅을 떠났다. 어찌 보면 그곳에서 사는 사람들 자체가 딱딱한 껍데기를 쓰고 살아야 하는 조개와도 같은 존재가 아니었을까 새삼스럽게 생각된다.

어두운 사회에서 기를 못 펴고 항시 두려움에 떨면서 살아야 하는 존재, 마음대로 돌아다닐 수도 없고 말도 못 하고 죽은 듯이 살다가 잡혀서 먹히는 존재.

소금을 머금은 듯 짭짤한 바닷바람이 귀밑머리를 간지럽힌다. 건너편에서도 똑같은 바람을 맞고 있을 그곳 사람들 생각에 가슴이 아팠다.

갑자기 효순이의 모습이 그리워진다. 어디론가 가고 싶어 했던 그녀도 자유롭고 불 밝은 대한민국에 왔으면 하는 생각에 눈물이 고인다.

해주 인력시장

설숭아

설송아

북한학 박사. RFA 자유아시아방송 기자. 1969년 평안남도에서 태어났다.
2015년 북한 인권을 말하는 남북한 작가 공동 소설집 「국경을 넘는 그림자」
에 단편소설 「진옥이」를 발표하며 소설가로서의 활동을 시작했다. 북한 인권
을 말하는 남북한 작가 공동 소설집 「금덩이 이야기」, 「꼬리 없는 소」, 「단군
릉 이야기」와 경원선을 주제로 한 소설집 「원산에서 철원까지」에 참여했다.
2019년 도서 「문화어 수업」 (공저) 발간. 2021년 3월 「도시사학회」 북한 도시
관련 논문을 발표하며 신진학자로 등단. 현재 북한 도시와 경제를 연구하며
국내 대학과 연구소에서 북한 관련 강의를 하고 있다.

"해주 바다로구나."

방금 진옥은 평성-해주행 버스에서 내렸다. 그리고 해주바닷가를 찾아온 것이다. 썰물에 밀려나 무연하게 펼쳐진 거대한 갯벌이 해주바다 풍경을 이루고 있었다. 바다 갯벌 위에는 팥알을 뿌린 듯 쭈그리고 앉은 사람사태가 갯벌을 이룬다. 그들은 손에 쥔 갈구리로 잠잠하게 입을 다문 갯벌 몸뚱이를 열심히 들춰낸다. 그리고는 캥거루마냥 앞섶 주머니에 주워 담았다. 엉덩이를 공중 들고 남보다 빠르게 손목을 움직이며 감탕을 파내는 아낙네도 있다. 뭔가 있나보다. 감탕 속에 오른손을 깊숙이 들이밀고 끄집어내더니 헤벌쭉 웃으며 소리를 질렀다.

"이야~ 이거 완전 1등품 조개다야. 하하하…….."

두 발을 떡하니 갯벌에 박고서 만세를 부르듯 똥보 아낙네가 소리를 지른다. 바지락조개다. 혼자 소리치고 혼자 웃고 있는 아낙네 몸뚱이가 감탕으로 얼룩져 볼꼴이 없다. 그럼에도 바지락조개가 인생 전부인 듯 씨벌씨벌 웃는게 사춘기 소녀다. 주먹만 한 조개가 그의 손에 들려있다.

"감탕이라 조개라…… 갯벌이라 노다지라…….."

조개 쥔 오른손이 악단을 지휘하듯 오르고 내리며 곡조를 뽑아댄다. 아낙네가 자기 마음대로 곡조를 뽑으며 자체 사기를 올린다.

진옥은 저절로 웃음이 나와 소리 내어 웃다가 굳어져 버렸다. 주변을 둘러보니 반응이 없다. 오히려 웃고 있는 진옥을 이상한 사람인 듯 쳐다보는 눈치다. 그리고는 심기가 도진 듯 파고 있던 갯벌을 더 깊이 악을 쓰며 파내고 있다.

"……."

그냥 갯벌 위에 사람들이 인공로봇 같다. 갯벌 감탕에서 조개가 나오면 망태기에 담고 다시 또 파내고를 반복하고 있다.

"아, 여기가 인력시장이구나."

그제야 진옥은 해주바다 갯벌이 품팔이꾼 세계라는 노인네 이야기가 새삼스레 떠올랐다.

진옥이 급히 해주로 온 것은 신설한 기지의 인력 채용 때문이다. 굳이 해주까지 장거리를 이동해 인력을 채용할 필요는 없다. 어디가나 인력은 차고 넘치니까. 그러나 그녀는 반드시 채용할 사람이 있었다. 채용하기 보다는 도와주고 싶은 거다. 감옥에 있을 때 자기를 도와준 수감자 언니이다. 그녀에게 진옥은 빚을 지고 있다고 생각하였고 그 빚을 갚으리라 늘 생각하였다. 그때가 지금이다. 그를 꼭 찾아내 기지간부로 채용하려 한 것이다.

그의 이름은 은경이다. 진옥이 처음으로 은경을 알게 된 건 동림감옥이다. 점쟁이 노릇하다 감옥에 잡혀온 은경을 눈썹매기 현장에서 만나게 되었다. 감옥에서 여성들은 눈썹매기 노동에 동원되었는데, 진옥이 한번은 불합격 눈썹을 만드는 바람에 처벌 받게 되었다. 처벌이라는

게 끼니마다 차례지는 가다밥덩이를 주지 않는 것이었
다. 그러지 않아도 배가 고픈 수감자가 주먹만 한 밥덩이
도 잘리우고 나면 눈썹 매는 노동에 하루 종일 내몰리다
쓰러지기 쉽다. 그러는 진옥에게 은경이 다가왔다. 그는
자기에게 차례진 옥수수 송치밥을 꽁꽁 주물러 브래지어
앞섶에 꿍쳐두었다가 감독이 등 돌린 틈새를 이용해 진
옥에게 주었다. 그때 진옥은 고맙다는 말도 내뱉지 못하
고 개보다 더 빠르게 손에 있는 밥덩이를 입안에 넣었다.
계호에게 들키면 진옥이는 물론 밥을 준 은경이도 독 감
방에 수감된다. 다행 목구멍 안으로 거친 밥덩어리가 입
안에서 굴꺽 빠르게 넘어갔다. 감옥에서 퇴소한 지금까
지도 진옥은 그때 그 밥덩이, 그 맛을 잊을 수가 없다. 아
니 잊어서도 안 된다.

그래서 진옥은 은경이 집을 찾아갔다.

회칠한 울타리 대문을 두드리자 깡마른 노인네가 머리
를 내밀고 소리를 질렀다.

"관상 같은 거 안 봐…… 가라 가…… 가라니까……."

개 쫓듯이 노인네가 한손을 휘두르며 진옥을 쫓는다.
은경이 엄마다.

보안서 끄나풀이 점치러 왔다고 거짓말 하면서 자기 딸을 감시한다, 생각하는 것이다.

"어머니, 저 점치러 온 게 아니에요."

당황한 진옥이도 언성을 약간 올려 소리를 쳤다. 허나 소용이 없다.

"개나발 불지 말고 꺼져." 노인네 말투가 점점 사납다.

"언니 만나려 왔어요. 은경이 언니요."

감옥에서부터 진옥은 서너 살 위인 은경을 언니라고 불렀다.

'언니 좋아하네' 노인네가 또 한번 미간을 찌푸리며 진옥을 쳐다본다. 당장 벼락 칠 자세다.

"저…… 저말이에요." 진옥은 노인네 노기를 삭혀줘야 겠으나 방법이 없었다. 갑자기 하고 싶은 말이 떠올랐다. "저랑 언니랑 감옥에서…… 우리 감옥에서 형제처럼 지냈 어요. 친했거든요. 언니가 먼저 나가고…… 내가 후에…… 진짜 언니 보고 싶어 왔는데……."

"동림감옥에? …… 거기 같이 있었다고?"

"……"

진옥은 대답 대신 머리를 끄덕였다. 노인네 눈빛이 진

옥이 행색을 올리보고 내리본다. 느낌이 왔나. 노인네 미간이 풀리는 듯 싶다. 그래도 꼿꼿한 눈빛으로 진옥이 얼굴을 뜯어보고 있었다.

"지금 집에 없어······."

"없다고요? 어디 갔는지 좀 알려줘요."

"가긴 어디가······ 돈벌이 갔지."

"어디요? 어디 돈벌이 갔나요? 꼭 만나야 돼서 그래요."

진옥은 돌아서는 노인네를 급하게 물으며 붙잡아 세웠다. 그리고 버스에서 내리며 음식점에 들러 일부러 사온 순대꾸러미를 노인에게 내밀었다. 따끈한 순대였다. 그제서야 노인네가 정을 느꼈는지 느릿느릿 다가오며 대문을 열었다. 순대를 받아들며 노인네가 말했다.

"조개잡이 갔어."

"조개잡이요? 어디요?"

"해주라는 데 갔지. 지금이 바지락조개철이거든. 오금 됐다 뭐하겠어? 조개라도 캐야 돈벌이 하지."

'조개를 캔다고?' 진옥은 알아듣지 못했다. 논밭에서 땅콩을 캔다면 몰라도 바다에서 조개를 캐다니.

"바다에서 조개를 캔다는 게…… 무슨 말이에요?" 마당에 들어서며 진옥이 물었다.

"그것도 몰라? 젊은 여자가. 서해바다 썰물 밀물은 알겠지? 밀물 시간이면 바닷물이 쭉 들어가서 넓은 서해바다가 진펄이 돼. 그러면 바다 밑에 깔려 있는 조개들을 갈구리로 캐내는 거야."

여직 말투는 거칠다. 그래도 핀잔주는 목소리에 진옥이 마음은 왜서인지 좋았다. 진옥이도 노인네 곁으로 바싹 다가서며 핀잔조로 물었다.

"그럼 어머니, 저도 해주바다 가면 조개 캘 수 있겠네요."

진옥이 웃었다. 그러자 노인네가 혀를 차버린다. "에이 …… 쯔쯔쯔." 그리고는 어처구니 없는 듯 허거프게 웃더니 노인네가 고개를 저었다.

"공산주의 망한 게 언제라고…… 가면 다 조개 캐는 게 아니야. 바다도 주인 있어. 주인한테 뽑혀야 바다에서 조개를 캘 수 있는 거지."

"주인한테 뽑혀야 한다구요? 그럼 일공이란 말인가요?"

진옥이 되물었다. '인력시장 말하나' 그녀의 구미가 바짝 땡긴다.

"해주 어디에 가면 되나요? 언니는 어디서…… 어디서 숙박할 건데…… 좀 대달라요. 내가 찾아가볼께요."

다급하고도 진지하게 묻고 있는 진옥이 얼굴을 멀뚱하게 바라보던 노인네가 퉁명스럽게 말했다.

"주소나 새나, 그런 거 없어도 해주바다에 가면 다 만나는 거라."

그리고는 자랑거리 펼치듯 말 보따리를 풀었다.

"작년에 내가 서너 달 있어보니 두 다리 가진 사람은 다 해주바다로 오더라니까. 해주사람들만 바다 뜯어먹나 했더니…… 동트기 전이면 일할 사람이 바닷가에 새까맣게 몰려들고 저녁에는 조개를 바치고 돈을 받느라고 백 미터나마 줄지어 있는데 그게 절반은 타지 사람들이야. 거기만 가면 갑돌이 갑순이 다 있으니까 대충 훑어도 직방이야."

노인네가 실눈을 하고서 그곳의 상황을 눈앞에 그리듯 양손을 한껏 길게 벌렸다가 다시 높이 들면서 그곳의 상황을 재연하고 있었다. 그리고는 또렷하게 알아들으라는 듯 힘을 주며 말했다.

"거긴 완전히 인력시장이지…… 그치 인력시장이야."

"인력시장이요?"

진옥이는 놀랐다. 역시 생각했던 그대로다. 노동시장이 해주에 있는 거다. 그것도 아주 크게.

"아 거 있잖아, 사람 부리는 데…… 하루 일하면 그날로 돈 주는데 말이야. 해주바닥은 여기저기서 사람노력 매일 쓸어 와도 끝이 없어."

해주 인력시장이 그렇게 크나보다. 아무 말도 하지 않고 골똘하게 생각하는 진옥이 눈앞에서 노인네가 손 벽을 탁 치며 말했다.

"맞다. 아지미처럼 젊은 사람은 제일 먼저 채용될걸…… 젊은 놈은 아무래도 조개를 빨리 캐지. 캐는 것만큼 돈을 받으니까…… 좀 힘들긴 해도 저녁이면 빨락빨락한 돈을 만질 때면 그 맛도 괜찮지……."

엄지 손가락과 두 번째 손가락을 재빠르게 비벼대며 지폐를 세는 흉내를 내던 노인네가 방문을 열었다. 방문너무로 티비며 냉동기며 가전기구가 한눈에 보인다.

"저기 판대기TV 내가 벌어 산 거야."

노인네 인상이 로또를 맞은 듯 흐뭇하다. 먹지 않아도 배부른 듯하다.

그제야 진옥은 촉각이 왔다. 은경이 제발로 해주에 간 것이 아니라 엄마의 달콤한 돈 자랑에 넘어가 해주로 갔음을 직감하게 되었다. '늙은이도 돈 버는데 젊은것들이 돈을 벌어야 시집을 갈 게 아니냐.' 보나마나 이렇게 말했을 걸. 마루에 펴놓은 고추를 뒤적이며 노인네가 말했다.

"해주시장 말고…… 거기서 5리 정도 더 가면 동해주시장 있어, 거기 있을 거야…… 노천시장인데 거기가 기본 바지락조개시장이거든. 사람사태야 거긴 아침이든 밤이든……."

대단한 노인네다. 앉아있는 천재보다 사방팔방 다니는 시라소니가 똑똑하다더니 그 말이 맞다. 깡마른 노인네가 모르는 게 없지 않는가. 그 길로 진옥은 버스를 타고 해주에 도착했다.

해주바다 저쪽으로 해넘이가 시작된다. 조개 캐던 사람들도 일몰을 보더니 일어나기 시작한다. 해가 떨어지면 썰물이 시작된다. 조개가 담겨진 그물망태기 한 끝을 어깨에 메거나 조개마대 부피가 아주 큰 사람들은 가대기

끈을 매고 마대를 끌면서 갯벌을 나왔다.

진옥이도 갯벌을 벗어나 걷기 시작했다. 왜서인지 조개 캐던 사람들을 따라가고 싶다. 바닷가를 벗어나자 창고 인지 천막인지 다닥다닥 붙어있는 건물들이 보였다. 동 해주시장이다. 여기저기 조개무지들이 모래더미처럼 쌓 여있다. 조개무지 옆에는 야외천막이 자리하고 있거나 나 지막한 단층건물이 있다. 어디서 밀려들었는지 여기저기 서 조개마대를 한쪽에 놓고 있는 사람들이 줄지어 서있 었다. 파란 천막 주변에 유달리 사람들이 많이 몰려있다. 진옥은 그쪽으로 걸어갔다. 갑자기 그 속에서 남자의 앳 된 말소리가 들렸다.

"이게 왜 15킬로 밖에 안 되나요? 다시 떠봐요."

감탕 묻은 바지를 무릎까지 올린 총각이었다. 그는 긴 소매 상의를 팔굽까지 걷고 저울대를 앞에 놓고 의자에 앉아 있는 중년남성에게 말하고 있었다. 아니 말한다기 보다 화를 내고 있다. 그 앞에 얼굴이 시멀건 중년남성이 카키색 잠바를 입고 까치다리 하고서 의자에 앉아있었는 데, 발이 젖을까 무릎까지 올라오는 장화를 신고 있다. 그가 소리쳤다.

"임마, 이게 어디 20킬로야? 감모를 안보고 떠도 18킬로 나가잖아. 이걸 20킬로로 받으라고?"

갯벌에서 캐낸 바지락조개를 넘겨주고 넘겨받으며 한 푼이라도 더 받으려거나 더 안주려거니 하는 싸움이다. 조개마대를 저울대에 올려놓은 총각이 이마를 찌푸렸다. 그러나 두 손 빌고 사정하듯 목소리를 깔고 다시 말했다.

"그래도 5킬로나 감모 보면 너무하지 않아요. 조금만 더 올려줘요."

하루 종일 갯벌에서 캤는데, 그 조개가 20킬로이니 감탕과 수분을 제하더라도 18킬로는 해달라는 것이다. 의자에 앉았던 중년남성이 토끼 본 사자마냥 벌떡 일어났다.

"씨발~재수 없이…… 쪼고만 놈이 토를 달아? …… 이 새끼야, 돈 벌게 해주니까 시비 치는 거야? 해주 땅에 눈 비비고 돌아봐라, 나만큼 잘 해주는 데가 있나…… 배때기 부른 타령하고 자빠졌네."

그는 저울대에 올려있던 조개마대 양끝을 손아귀로 와락 쥐었다. 그리고는 젖 먹은 힘까지 으레 쓰면서 조개마대를 힘껏 뿌린다. 떼를 쓰던 총각이 손쓸 새도 없었다.
조개마대는 저만치 휘 뿌려졌다.

"다른 데 가."

"조개는 왜 던져요?"

총각도 열불이 났다. 그는 주먹을 불끈 쥐고 당장이라
도 중년남성을 칠 것 같다. 그러거나 말거나 중년남성은
듣지도 않았다. 들을 새도 없었다. 벌써 또 다른 사람의
조개마대가 저울대에 올라있다. 중년남성이 조개마대를
저울로 뜨더니 "다음 사람" 하고 소리를 쳐댄다.

"저 시건방진 놈."

광경을 지켜보던 진옥이 자기도 모르게 욕이 나갔다.
콘크리트 바닥에 내던진 마대에서 바지락조개가 한 절반
쏟아졌다. 앳된 총각이 쏟아진 조개를 주워 담고 있었다.
진옥은 그 앞에 마주 앉아 쏟아진 조개를 마대에 담아줬
다. 총각이 한번 고개를 들었으나 아무 말이 없었다. 참
고 있던 화가 터져 우는 것 같았다.

"이 조개는 얼마인가요?"

울고 있는 총각에게 진옥이 물었다. 아무 말도 하지 않
는 총각의 주머니에 그녀가 주머니에 있던 돈을 넣어주

었다. 누군가 그의 팔을 붙잡았다.

"동해주시장이 처음인가요?"

"……"

모를 여인이다. 그러나 저울대에 앉아있는 중년남성에게 바지락조개를 방금 넘기고 돈을 받고 나오는 여인이라는 건 알 수 있었다.

"냅둬요. 괜히 한방 맞지 말고…… 찍히면 좋을 게 없어요. 눈만 뜨면 벌어지는 일이에요."

그녀가 말했다. 정말 그렇다. 그렇다. 총각이야 어찌됐든 줄지어 서있는 사람들 표정이 담담하다. 한 사람 한 사람 조개를 뜨고 있는 저울대 눈금에만 관심 있다. 커다란 저울대에 조개마대가 연이어 오르고 킬로 수가 확인되면 조개무지에 조개를 쏟는다. 그러면 저울대에 앉아있는 중년남성이 현금을 주고, 그 돈을 받으면 사라졌다.

"저 아저씨 뭐하는 사람이에요?"

진옥은 옆에 있는 여인에게 조심스레 물었다.

"누구보고 그러나요?"

"저기…… 저울 뜨는 아저씨."

진옥은 가볍게 턱을 들어 조개마대 던지던 중년남성을

가리켰다. 갯벌에서 힘들게 조개 캐온 사람들이 큰소리쳐야지 어디서 까마귀 씨 까먹는 놈팽이같은 게 소리를 치다니.

"도적놈들이지."

한쪽 눈을 흘기며 여인은 말했다.

"도적놈이라고요?"

"저것들 다…… 바다 통째로 자기네가 가지고 돈버는 도적놈이지. 도적놈이 따로 있나…… 사람만 고용해 조개를 캐다 중국에 팔아먹는 국가도적놈들이에요."

여인은 입술에 힘을 주고 '도적놈이 따로 있나' 또 씹어 뱉는다.

"국가도적놈이라니요? 저것들이라면……."

뒷말을 잇지 않았다. '저런 사람이 많다는 소리가 아닌가요?' 자기 말을 되뇌이는 진옥이 모습이 천진난만했던지 해주여인이 힐난조로 말했다.

"내래 해주바닥 살면서 저런 도적놈들은 처음 봐요. 길거리 도적은 양심이라도 있어서 몰래 훔치지. 저것들은 당의 방침이요, 뭐요, 무역회사 떡하니 차리고 해주바다 틀어쥐고 수출조개를 독점하고 있거든요."

해주여인은 이곳 사정을 손금처럼 알았다. 해주바다에 1990년대 말부터 숱한 회사들이 죽치고 있는데, 어느 놈이 쓸 놈이고 못 쓸 놈인지 알지도 못하는 이름을 마구 불러댔다. 처음보는 진옥에게 푸념하는 모양이 가슴속에 응어리가 깊은 듯하다.

　　"넓은 바다를 독점하다니요? 무역회사가 바다조개를 어떻게 자기거라고 하나요?"

　　"에이…… 이 여자 쌩판 모르네. 그런 건 식은 죽 먹기야."

　　해주여인이 말을 이었다.

　　"무역와크가 있으면 저 넓은 바다에 씨조개 뿌리고 조개 양식 하거든요. 저기 연평도 가기 전까지 서해바다는 와크쟁이들이 주무르지. 그거 없으면 대가리 기웃 못해요."

　　와크는 수출입허가권을 말한다. 군대요, 당이요 하는 특권층들이 조개수출로 외화벌이 하겠다는 무역와크로 서해바다를 구간별 장악한다. 거기서 계절에 따라 해산물을 양식하며 돈벌이를 독점한다는 말이다.

　　"그럼 씨조개는 어디서 나요?"

진옥은 물었다.

"씨조개도 캐지. 그것도 와크 있는 회사들이 쥐락펴락 하는 거야. 봄철만 되면 그것들이 '씨조개 사겠다' 입만 열어봐. 애들이고 어른이고 할머니고 먹고사는 인간은 몽땅 나와서 서해바다 벌둥지예요. 숟가락, 쇠꼬쟁이 뭐든 손에 들고 바다 뚜져서리 손톱만 한 조개를 캐오면 그걸 무역회사가 눅거리 사들이죠. 그게 씨조개예요. 그리고는 서해바다에 씨조개 뿌리고 다 자라면 인력을 사서 조개 캐는 거에요."

말하다 말고 여인이 물었다.

"아지미도 여기 조개 캐러 온 거 아니에요?"

갑자기 궁금한 모양이다.

"아니요. 일이 있어 잠간 들렸어요."

"……."

해주 토박이라 진옥이 물었다.

"여기 대기 숙박 하는 집 알아요?"

조개물이 질벅한 바닥에 새우 한 마리가 기어가고 있었다. 새우에게 손을 뻗친 해주여인이 허리를 구부린 채 대답을 하였다.

"숙박집이야 전주대보다 많지…… 같이 가요. 우리 옆 집도 대기 숙박해요."

해주에 오자마자 가이드를 만난 기분이다.

두 여인은 동해주시장을 나란히 걸었다. 눈앞에 보이는 건 온통 바지락조개 무지다. 바지락조개를 트럭에 싣고 있는 사람들도 보였다. 20톤 트럭이다. 그 뒤에 또 다른 트럭이 대기 중이다. 상차공들도 모두 인력으로 고용된다.

"바지락조개는 어디로 실어가요?"

"조개라고 생긴 건 다 항구로 가요…… 해주 룡당동이 중심항구인데 거기는 중국배들이 쫙 늘어서 있거든. 거긴 또 거기대로 남자들이 조개상선 해주고 일당벌이 해요……. 어느 배에 조개를 상선해라 하면 상선시간이 제한되어 있으니까 힘센 남자들을 상선노력으로 돈을 주고 사지……. 일본이나 자본주의나라에 비싸게 팔려면 살았을 때 수출해야 하니까 그래요."

황해도 지역이 과일이나 재배하고 쌀농사 짓는 농촌인 줄 알았더니 아니다. 외화벌이 천국이었다. 바지락, 꽃게, 해삼, 전복, 키조개 등 서해바다 해산물이 해주바다 항구에서 수출되고 있다.

"해주에 저런 무역회사가 많은가요?"

"어떤 회사? 와크 있는 회사? 그런 대가리는 얼마 안 돼요. 무력부매봉회사 있고 39호실 대성회사, 총참모부 강성회사 기껏 잡아야 열 개도 안 될 걸……. 그 밑에 외화벌이 기지가 붙어있는데 어림잡아 사오백은 넘지."

"아 피라미드 구조구나……." 진옥은 순간 그림이 그려졌다. 특권층 회사들이 정점에 있고 그 밑에 존재하는 수백여개 기지들이 해산물을 양식하도록 무역회사로부터 권한을 부여받는다. 그리고는 숱한 사람들을 일당노동자로 고용해 바다에서, 혹은 바다양식장에서 수출용 조개를 마련하고 있다.

해주 여인 목소리가 점점 올라갔다.

"그러니까 이렇지. 무역회사 밑에 기지가 있고, 기지 밑에 분기지가 있고 분기지 안에 조개생산 관리자가 있거든요. 수출가격은 무역회사 상부가 중국대방과 정해요. 그러면 하부로 내려갈수록 가격이 농간된단 말이에요. 어떻게 해서든 1등품 조개를 2등품 조개로 가격을 후려쳐야 돈을 떼먹을 수 있으니까…… 국가 도적놈이지."

해주여인은 "국가도적놈…… 딱 소리나." 어이없게 뱉었다. 진옥은 저울대에 앉아 거드름 피우며 사기 치던 그 남자, 그 앞에서 한마디도 못하던 총각이 떠올랐다.

'해주바다가 해주바다가 아니었구나.'

동해주시장을 거의 벗어나는데 다리를 꼬고 앉아 담배를 피우는 남성이 보였다. 그 앞에는 동글동글 납작하고 이쁘게 줄이 간 바지락조개가 높이 쌓여 있다. 그 옆에 파란색 마대로 포장한 조개마대도 보인다. 그 뒤로 나지막한 단층건물이 있었다.

"저기도 같아요. 바지락조개 받아서 데꼬하는 거에요."

여인이 옆으로 턱을 돌려 저만치 보이는 남성을 가리켰다.

"거간꾼이네요."

이제는 진옥이도 말귀를 알아들어 맞장구 쳤다. 해주바다 물계가 느껴졌던 것이다.

"하하하…… 맞아 맞아 거간꾼, 거간꾼이지. 그 말 신통하다."

여인이 손뼉까지 치면서 통쾌하게 웃었다. 그 바람에 진옥이도 웃었다.

입술을 여닫으며 담배연기 날리던 남성이 얼굴을 돌렸다. 지나가며 웃어대는 여인네 모양이 거슬렸던지 눈살을 세우고 바라봤다. 해주여인이 진옥이 손을 잡고 걸음을 재촉했다.

진옥이도 보폭을 늘리며 빠르게 걸었다. 그러다 반사적으로 고개를 돌렸다. 저 남자 자태가 너무나 익숙하다.

"어디서 본 모습인데······."

긴 목이며 왜소한 체구, 목대가 아플 때면 습관처럼 기울이는 저 남자. 담배를 피울 때는 두 손가락으로 담배대를 돌리며 흔드는 행동까지.

진옥이 심장이 관능적으로 뛰고 있다. 그녀는 걸음을 멈췄다. 잘못 본 걸까. 아니다. 오른쪽 눈커풀이 경련일었다. 그녀는 다시 눈을 치뜨고 열차 시간표를 확인하듯 그 남자 얼굴을 정면으로 뜯어봤다.

"아, 분명하구나."

"······."

무슨 일이냐는 듯 해주여인도 걸음을 멈췄다. 진옥은 큰 숨을 내쉬었다. 아무 일도 아니라고, 우연히 못 볼 걸 보았다고 무시하려 했으나 굳어졌던 감정이 어느새 부풀었다.

'해주에서 이 인간을 보다니' 전 남편이었다.

그냥 가야지. 돌아서려했으나 두발이 붙박여 움직이질 않았다. 갑자기 일어나는 기분이 어떻다고 표현할 수 없다. 미련도 분노도 아니다. 밥을 하다 주방에서 바퀴벌레 밟았을 때 느끼는 그런 감정이었다.

"야, 너…… 맞지?……."

그도 전처를 알아보곤 말마디 더듬으며 엉덩이를 들고 마주 걸어 왔다. 인사라기보다 '여기 왜 왔어?' 시비치는 말투다. 남쪽에 붙어있는 해주 땅에서 전처를 보리라고 상상했으랴. 반말로 불러대는 전 남편 목소리에 진옥이도 상처가 되살아났다. 그 상처는 스스로 생각했던 그 이상으로 깊은 곳에서 곪고 있었다. 불어나는 풍선처럼 치밀어 오르는 관능이 그녀의 얼굴을 벌겋게 만들었다. 그녀는 거칠게 외치고 말았다.

"야라고 했어?…… 지나가던 똥개 같니? 어디서 반말이야?"

말 섞기도 딱 싫어 가던 길 가려던 그녀였다. 그러나 코흘리개 걸치듯 빈정대며 찾는 전남편 말소리에 독이 잔

뜩 올랐다. 칼 벼르듯 달려드는 전처의 악다구니에 남편
이란 작자도 눈알을 세웠다.

"이 오망구리 같은 게 뭐라고?…… 말 걸어주니까……
다시 말해봐라……."

남정네가 진옥이 앞으로 기세 등등 걸어왔다. 이쯤 되
면 무서워 뛰거나 피하는 게 여자다. 달아나기 시작하면
한달음에 달려가 차버리면 그만일 걸. 그녀는 벼락을 각
오한 고목보다 더 빳빳이 서있었다. 해주 여인이 당황해
막아섰다.

"아저씨, 왜 그래요? 지나가던 여자를 왜 치려고 해요?"

생뚱맞게 막아선 해주여인 면상에 남자가 삿대질을 하
면서 소리쳤다.

"이건 또 무슨 떨거지야, 넌 빠져."

진옥이 전 남편이 해주여인에게 소리쳤다.

"뭐, 뭐라구요? 떠…… 떨…… 떨거지요?"

해주 여인이 '허'하고 한번 웃었다. 웃는 게 아니었다.
갑자기 일어나는 분노로 두 눈이 똥그래졌다.

"내가 떨거지라고?" 그녀의 마음은 적개심이 일었다.
한갓 일공으로 조개나 캔다고 거지 취급받는다. 무역회

사 등에 업은 저런 나부랭이가 나를 '떨거지'라니. 가진 자에 대한 없는 자의 분노는 사실상 잠잠하다가도 누군가 건드리면 무섭게 폭발하는 뇌관이나 같다.

"내가 떨거지면 아저씨는…… 맞어 나 떨거지야, 아저씨는 도적놈인 거 알아?…… 저울대 농간하고 하품조개박스에 1등품 조개를 눈꼽만큼 깔고 중국에 속여 팔며 생돈 벌어먹는 도적놈……."

해 저무는 파장에 지나가던 사람들이 꼬이기 시작했다. 동해주시장에서 밥 먹듯 일어나는 말싸움이라면 스쳐지나간다. 그런데 이게 뭐야. 멀리서 딱 봐도 남자 한명에 여자 두 명이 서있다. "불륜하다 들켰나 봐."

불륜녀가 누군지 얼굴이나 보자고 헤헤 웃으며 사람들이 다가왔다.

그런데 바지락조개가 어떻고 누가 누구 돈 떼먹고 하는 소리다. 사람들이 팔꿈치를 툭 툭 치며 수군댔다.

"바지락조개를 저렇게 팔아먹나 보네요."

"그걸 몰랐어요? 우리 같은 사람들이 1년 꼬박 조개 캐야 손에 쥐는 돈을, 저런 사람들은 하루에 벌어요."

"하루가 뭐야. 한 시간도 안 되지…… 무역회사 간부들은 1분에 버는 돈이지.”

“1분 같은 소리 하네. 해주시내 고급식당 가 봐요. 외화벌이회사 간부들이 밥 한 끼 값 얼마인 줄 알아요? 우리가 일 년 벌어도 그 사람들 마시는 꼬냑 한 병 값도 안 되요.”

“……”

진옥이 전 남편도 머리뚜껑 열렸다. 그는 동해주시장에서 바지락을 받으면, 그것을 황색마대로 포장에 수출항구로 넘겨준다. 이때 조개품질을 속이거나 킬로수를 속여 돈을 버는 게 흔한 방식이다. 몇 번 속아본 중국대방이 해주항구에 주둔하며 바지락마대를 상선하기 전에 선택 검열하지만 소용없다. 해주에서 굴러먹은 프로선수들에게 중국은 이기지 못한다. 자기만의 기술이고 비밀이라 생각했는데, 이 여자가 지껄이고 있지 않는가.

“이게 사람 잡을 년이네.”

남자가 갑자기 해주여인 옷자락을 와락 움켜 집어 내동이 쳤다. 이 모든 일이 순간에 벌어졌다. 힘이 약한 여인이 넘어졌다. 진옥이 뛰어가 해주 여인 팔을 잡고 일으켰다. 그리고는 전 남편에게로 다가섰다.

"어디다 손을 대? 여자에게 손대는 게 업이냐?"

진옥은 남자 면상을 후려쳤다. 살면서 남자 귀뺨 쳐보는 건 처음이다. 심장이 빠르게 뛴다. 온몸에는 열기가 올랐다. 후려친 손바닥이 후끈 달아올랐는지, 흥분한 탓으로 몸이 달아올랐는지 가늠할 수 없다. 남자 역시 같다. 여자에게 귀뺨 맞는 건, 그것도 전처에게 맞아보긴 머리털 나 처음이다. 그는 길가에 보이는 작대기를 들었다.

"니들이 오늘 쌍으로 돌았구나."

한 번에 조질 태세다. 야구 홈런 치듯이 작대기를 움켜든 그의 두 손이 높이 들렸다. 전처의 골통부터 답새길 차비다. 이때 작대기를 빼앗는 남자가 있었다. 그리고는 진옥이 전 남편의 멱살을 잡았다.

"이 아줌마 손대지 말아요. 머리카락 한 오리 다치면 가만 안둘테요. 알아들었어요?"

진옥이를 손대면 무사하지 못하다는 경고였다. 진옥은 놀랐다. 아까 시장 입구에서 잠간 보았던, 저울로 사기 치며 조개 받던 중년남성에게 수모를 받던 총각이다. 진옥이 다가가 조개를 담아줄 때 흐느껴 울던 그 총각이었다. 진옥이 전 남편이 더 열이 올랐다. 일공에 불과한 총각 나부랭이가 자기한테 맞선다.

"이 새끼 너 이거 못 놔? 하룻강아지 범 무서운 줄 모른다더니…… 너 해주바닥에서 일 못하는 줄 알어."

해주바닥에서 일당노동자로 채용되려면 자기 같은 사람한테 잘못 보여서 좋을 게 없다는 소리다. 틀린 말도 아니다. 총각을 괄시하던 중년남성도, 진옥이 전남편도 모두 해주바다 틀어쥔 무역회사 소속의 한통속이다. 조개를 캐거나 상선하거나 하는 인력채용이 이들에 의해서 움직이는 판이다. 그러나 총각은 물러서지 않았다. 오히려 진옥이 전 남편을 젊고 억센 힘으로 저지하고 있다.

그사이 지나가던 사람들이 더 몰려들었다. 이들은 겹겹이 둘러쌓인 어깨들 사이에 머리를 들이밀고 고개를 빼들었다.

"진옥이 아니야?"

구경꾼 뒤에서 누군가 진옥을 찾았다. 여자 목소리였다.

"……."

소리 나는 쪽으로 진옥이 돌아봤다. 구경꾼들을 헤집고 한 여자가 얼굴을 드러냈다.

"이게 뭐야…… 언니……언니가……."

은경이었다. 반가운 건지 당황한 것인지 말문이 막혔다. 동해주시장에 있다는 것은 알았지만 하필 여기서 만나다니. 해주가 인간시장인가.

더 놀란 건 이때다.

"아는 사이야?"

진옥이 전 남편이 은경에게 물었다. 그 억양이 특유했다. 마치 안방 여자 대하듯 말하지 않는가. 진옥은 은경을 바라봤다. 그러고보니 은경이 옷차림이 바다에서 조개 캐는 행색이 아니다. 실내화를 신고 앞치마를 둘렀으니 금방 어디선가 나온 차림새다. 이 근방이라면…… 진옥은 촉감이 빨랐다.

'이게 어떻게 된 상황이에요? 언니.'

진옥은 눈빛으로 물었다. 말하지 않았으나 '이 남자랑 무슨 사이에요?' 강렬하게 묻고 있다. 은경이도 놀랐다.

"기지장하고 아는 사이였어?"

"기지장이요?"

진옥은 대뜸 되물었다. 그리고는 잠깐 침묵했다. 온 몸의 맥이 발끝으로 빠진다. 나지막한 소리로 은경에게 말했다.

"날 감옥에 넣은 그 사람이에요."

"……."

은경의 안색이 놀랄 만큼 굳어졌다.

"그럼 네 그 전 남편?"

그녀는 당황했다. 해주여인도 눈만 슴벅거렸다. 대충 상황판단 된다.

"기가 차네."

분위기가 와전되었다. 기세가 등등하던 진옥이 남편도 더 이상 소리치지 않았다. 진옥이 어깨도 축 늘어졌다. 남편이 처넣은 감옥 안에서 자기를 도와줬던, 그래서 일부러 찾아온 언니가 자기를 배반했던 남편과 마주하고 있다니.

찬바람 불더니 가을비가 내린다. 구경하던 사람들이 비를 피하려는지 산산이 흩어졌다. 주의가 갑자기 조용해졌다. 피하는 게 상책이라 생각했던지 진옥이 전 남편이 숙소로 보이는 건물로 들어갔다.

해주시장 끝자락에 세 여인이 우두커니 서있었다. 저만치 떨어져 홀로 선 총각도 여인들을 바라본다. 은경이 먼저 진옥에게 다가섰다. 다가오는 은경을 떨쳐버리려는 듯 진옥이 돌아섰다. 이대로 있다가는 고마웠던 언니에게 행패를 부릴까 두렵다. 사실 언니를 괴롭힐 마음은 없다. 그만큼 진옥이 마음속에 은경은 소중한 은인으로 자리하고 있었다. 그래서 평온한 듯 애써 말했다.

"언니 집에 갔다가…… 여기 왔다기에 언니 찾으려 온 거예요."

등 돌린 진옥을 은경이 붙잡으며 돌려세웠다.

"난 기지식당에서 일할 뿐이야. 상처받지 마."

여자의 상처는 여자가 잘 안다. 은경은 진옥이 상처를 헤집지 말아야 한다는 생각뿐이어서 다른 말을 꺼낼 수 없었다. 이윽고 진옥이 시선이 은경의 두 눈을 바라보는 모양이었고, 한참만에야 한숨소리가 나지막이 들렸다.

두 달 전 은경은 동해주시장에서 조개 캐는 인력으로 채용되었다. 숱한 사람 중에 인력채용은 젊은 인력 순위로 뽑았는데, 기지를 운영하는 진옥이 전 남편이 은경을 뽑은 것이다. 그런데 진옥이 전 남편이 은경을 눈여겨 보게 된 건 우연이었다. 수많은 사람들이 갯벌에서 캐오는 조개량 중에 항상 적은량을 캐오는 것이다. 조개마대를 저울대에 올릴 때 그녀의 손가락이 두 개나 없음을 알게 되었다. 갯벌 감탕 파내는 갈구리 속도가 남보다 느린 이유였다. 기지 식모를 채용하려던 찰나 은경이 적중했다. 이렇게 기지 식모로 일하게 되었으나 장애인 빌미로 월급은 반값이었다. 여기까지는 사실이었다. 그 이상 은경은 말하지 않았다. 때로는 모르는 게 약이 되리라.

진옥은 멀거니 서서 그의 말을 들었다. '월급을 절반 주더니…… 기지장이 뭐 그리 대단해 사람을 이런 식으로 착취한단 말인가' 진옥은 언니를 껴안았다.

"언니, 나하고 일해요."

그녀가 물끄러미 진옥을 바라봤다.

"우리 철도기지에…… 언니가…… 언니가 할 일이 많아요."

그때야 은경은 철도기지장이 진옥이란 사실을 알게 되었다.

은경은 말 못하는 죄책감에 윗입술이 약간 경련을 일으켰다. 괜히 실내화 바닥에 살짝 묻은 진탕을 땅바닥에 밀어대며 시선을 떨구었다. '미안해 진옥아……' 눈초리가 젖었으나 이 말은 할 수가 없었다.

"이 길로 떠나요 언니." 진옥이 단호하게 말했다.

"잠깐만 있어. 짐도 챙기고……."

은경은 머리를 끄덕이며 상기된 얼굴로 기지로 들어갔다. 주섬주섬 옷가지를 대충 걷어 넣고 그녀는 기지장 사무실에 들어갔다. 그리고 무겁게, 세상에 이런 일도 있나 하는 눈빛으로 말했다.

"기지장동지, 전 가야겠습니다…… 여비라도 할 수 있게…… 돈을 좀 줄 수 있나요?"

은경은 정말 힘들게 말을 꺼냈다. 솔직히 그녀의 마음은 종잡지 못했다. 그래서 기어드는 목소리로 다시 말을 이었다.

"내일이 월급날짜인데…… 그 돈 다 달라고 하지 않을게요. 여비만 주세요."

그런데 별안간 기지장이 일어서며 그녀의 요청을 단칼에 잘랐다.

"돈을 달라고? 한 푼도 못줘…… 당장 나가. 일할 사람은 차고 넘친단 말이야." 할말을 다 한듯 그남자가 편하게 침대에 눕는다.

은경은 그때에야 기지장 얼굴을 정면으로 보았다. 이게 뭐야. 그의 표정이 좀처럼 우울하지 않았다. 솔직히 가지 말라고 속에 없는 말이라도 할 줄 알았다. 웬걸, 가든 말든 개의치 않겠다는 표정이 아닌가. 그냥 잠을 자야겠으니 시끄럽게 말 말라는 권태기가 가득한 그런 인상이었다.

그때야 은경은 정신이 들었다.

'양아치 같은 새끼.'

돈으로 비틀어진 고용자와 일공에게 정이라는 세계는 치졸한 사치였구나. '그래 이 새끼야…… 이제라도 네 속을 알았으니' 갑자기 은경의 마음이 당당해졌다. 사람 속을 알았으니 더 말할 필요조차 없었다. 밖에 있는 기지장과 안에 있는 기지장의 판판 다른 인간성에 기가 찰뿐이다. 그녀는 캐리어를 끌고 밖으로 나오며 한마디 던졌다.

"새옹지마라고…… 지금 팔자 타고난 거 아니거든요. 돈 버는 방법보다 사람 버는 방법부터 배워요." 뒤에서 뭐라고 소리를 질러대는 남정네 목소리가 문틈으로 새나왔다. 그러거나 말거나 은경은 씽씽 걸어나왔다.

밖에서 진옥이와 해주여인, 그리고 총각이 기다리고 있었다. 그들 앞으로 걸어간 은경은 손가방과 캐리어를 내려놓더니 갑자기 방향을 돌려 어디론가 뛰어갔다. 바지락조개가 쌓여있는 곳이었다. 조개무지 한쪽에는 내일 당장 상선할 조개포장 마대들이 쌓여 있었다. 거기서 은경은 멈춰 섰다.

"이거라도 가져가야지."

그는 조개마대 한 개를 어깨에 메더니 씨엉씨엉 앞장서 걸어가기 시작했다. 그 뒤로 일행이 따랐다. 해주여인도 총각도 진옥이 운영하는 철도기지 직원으로 채용된 것이다.

진옥은 별빛이 흐르는 바닷가에 이르러 걸음을 멈추었다. 밀물이 들어온다. 무연했던 갯벌에 바닷물이 출렁이자 크고 작은 배 조명이 서해바다 밤 풍경을 장식하고 있다. 출항을 알리는 배 고동소리가 밤바다에 울린다.

"해주 밤바다 아름답네."

진옥은 황금빛 배 조명이 어둠을 가르는 해주바다를 응시하며 조용히 말했다.

"그래, 밤바다에서는 조개 불고기지."

은경이 화끈하게 답했다. 그리고는 메고 온 조개를 볏가마니 위에 쫘르륵 쏟았다. 눈치 빠른 총각이 주유소에 뛰어가 휘발유를 사가지고 잽싸게 달려왔다. 그리고는

조개무지 둘레로 휘발유를 뿌린다. 이내 라이터가 켜졌
다. 불길이 삽시에 조개 사이사이로 솟아오르며 밤바다
를 밝힌다. 해주바다 조개가 익어가기 시작했다.

황해도 데미지

도명학

도명학

1965년 혜산에서 태어났다. 전 조선작가동맹 소속 시인으로 활동하다 반체제혐의로 투옥되고, 2006년 출옥 후 탈북해 한국에 입국했다. 한국소설가협회 월간지 「한국소설」로 등단했다. 발표작으로 소설집 「잔혹한 선물」과 시 「곱사등이들의 나라」 「외눈도 합격」 「철창 너머에」 「안기부소행」 등이 있고, 에세이 백여 편이 있다. 북한 인권을 말하는 남북한 작가 공동소설집 「국경을 넘는 그림자」 「금덩이 이야기」 「꼬리 없는 소」 「단군릉 이야기」 와 경원선을 주제로 한 소설집 「원산에서 철원까지」에 참여했다. 현재 자유통일문화연대 상임대표, 한국소설가협회 회원으로 활동 중이다.

북중 국경도시 혜산을 떠나 해주에서 일을 벌인지 벌써 한 달이 거의 다 됐다. 그동안 해주시내에서 한다하는 골동품거간꾼들은 다 만나봤지만 별로 소득이 없었다. 별로 돈 안 되는 보잘것 없는 골동품 쪼가리 몇 개 건진 것이 다였다. 황해도에 가면 좋은 고려청자, 조선백자, 병풍, 족자 같은 것을 쉽게 손에 넣을 수 있다는 소리에 귀가 커서 왔더니 소문과 달랐다. 돈만 뿌려대고 빈손에 돌아가야 할 처지가 됐다. 골동품 구입에 쓸 돈은 북한을 제집 드나들 듯 하는 조선족 상인이 대주었다. 그는 혜

산, 신의주, 무산 세 곳을 번갈아 옮겨가며 골동품을 구
입해 중국에 건너가서는 한국인 골동품 상인들에게 되팔
아 큰돈을 버는 사람이었다. 그와 몇 년 째 골동품 거래
를 해온 사이였으나 점점 골동품 찾기가 어려워졌다. 어
쩌다 생기는 물건은 가짜거나 부스럭 돈밖에 안 될 물건
들이었다. 고심 끝에 결심한 것이 황해도행인데 문제는
자금력이었다. 다행히 그 조선족 상인이 골동품을 꼭 자
기한테만 가져와야 한다는 조건으로 미화 1만불을 건네
주기에 받았다. 해주에 혼자 올 수도 있었지만 황해도에
아무 연고가 없어 거처할 집이 없었다. 괜히 낯선 곳에서
불법 골동품 수집을 하다 발각이라도 되는 날엔 큰 낭
패였다. 그래서 군복무 10년을 황해도에서 보내고 제대
한 진수를 끌어들였다. 해주시내에 같은 부대에서 딱 친
구로 지냈던 똑똑하고 마당발인 전우가 한 명 있는데, 그
를 통하면 문제없을 거라는 말에 그러기로 했다. 형철이
가 일행에 포함된 이유는 좀 애매하다. 그는 진수와 함께
몇 년째 보따리장사를 다닌 관계고 나와는 중학교 동창
생이다. 그런데 진수가 나와 골동품 장사를 간다고 하니
자기도 큰돈 벌게 좀 끼워달라고 졸랐다. 안 된다고 잘

라도 물러서지 않았다.

"넌 그냥 하던 장사나 하면 되지 왜 갑자기 골동품이냐고?"

진수는 내게 형철이를 어떻게든 떼버려야 한다고 눈짓했다.

"야 진수, 너 속보이게 그러는 게 아니야. 골동품 모르기야 너두 같지. 몇 년 동안 같이 장사 해먹은 사이에 이제 와서 큰돈 벌 일 생겼다고 안면 싹 바꾸기야? 섭섭하다 섭섭해. 임꺽정에 나오는 서림이 한가지네."

"뭐 서림이? 누가 할 소린지 모르겠다."

"그만들 해. 서림이구 로밤이구, 둘 다 왜 그래?"

내가 듣다못해 쌈이라도 날 것 같아 말렸다.

"야 명도, 너두 좀 그렇다. 그래두 짜개바지 때부터 함께 자란 사인데 나두 좀 벌게 해주라. 내 비록 골동품은 문맹자지만 중국생필품 장사는 진수보다 선수잖아."

"흥, 지가 나보다 선수란다."

진수가 코웃음 쳤다.

"그니까 내말은 해주에도 장마당 있잖아? 갈 때 맨 돈만 들고 가지 말구 그 돈으로 중국 상품 가져다 팔면 이

윤 나는 걸루 경비 같은 건 보상하고도 남을 거고, 혹시 골동품 사고 남는 돈 있으면 돌아올 때 해삼 사다 중국에 넘기면 꿩 먹고 알 먹기지. 해삼하면 황해도 강령, 옹진, 그쪽 해삼 끝내주잖아."

일리는 있는 말이었다. 중국생필품이 국경과 멀리 떨어진 황해도에서 더 비싸다는 건 상식이다. 1만 불 어치 사가면 도매로 팔아도 이삼천 불은 남기는 장사다. 다만 상품 선택과 파는 노하우가 필요한데 내가 보기에도 형철이 그쪽에 고수였다. 그렇다면 데려가도 무리는 없을 듯 했다. 또 혹시 모를 돌발 상황에 사람 한명 더 필요할 수도 있었다. 늘 만약의 경우는 있는 법이니까. 결정권은 사장님 격인 나한테 있는 만큼 결국 셋이 함께 하기로 했다.

해주에 도착해 처음 며칠은 일이 뜻대로 되는 듯 했다. 중국 생필품은 해주 장사꾼들에게 한나절도 채 안 돼 다 팔렸다. 값도 잘 받았는데 역시 형철이 수완은 좋았다. 당장에 돈 가방이 두툼해지자 형철이를 데려온 것을 못마땅해 하던 진수 기색이 언제 그랬던가 싶게 바뀌었다.

"쳇, 이제야 인상 폈네. 줄곧 개똥 씹은 상이더니."

형철이 한마디 던졌으나 진수는 계면쩍어 그저 웃기만 했다.

진수의 군대 때 친구 용삼이는 진수의 말대로 과연 마당발이었다. 해주의 어느 외화벌이 회사에 다닌다는데 사는 형편을 보아하니 밥술은 걱정 없이 뜨는 듯했다.

그가 시내에 나가 한 바퀴 돌아보고 온 직후부터 거간꾼들이 찾아오기 시작했다. 청자연적이나 족자 같은 작은 골동품을 소지하고 오는데 물건은 별로였지만 조짐이 좋았다. 찾아오는 사람들 중엔 날파람 있게 생긴 체육선수도 있고, 노인도 있고, 아기를 업고 거간을 다니는 젊은 여성도 있었다. 그만큼 해주에 골동품 바람이 만연해 있었다.

어느 야심한 밤엔 인민군 대좌계급장을 단 군관이 무장한 부하 둘까지 대동하고 찾아왔다. 약간 두렵고 찜찜한 느낌에 등골이 싸늘했다. 골동품을 가져왔다기에 밖에 따라 나갔더니 그들이 타고 온 야전승용차가 골목에 있었다. 차안에서 꺼내놓은 건 병풍이었다. 그것을 군용 손전등으로 비춰가며 물건에 대해 소개하는데 좀 과장된 얘기였다.

"군이 설명하지 않으셔도 제가 보면 압니다. 보통 다들 그런 식으로 말하지만 저는 물건이 어떤 지 끄트머리만 봐도 알아보거든요."

나는 얕보이지 않으려고 전문가답게 힘주어 말했다. 진작 진품임을 알아봤고 값어치가 짐작됐다. 꽤 큰 고기가 걸린 거지만 내색하지 않았다. 눈치를 채는 순간 가격을 하늘만큼 부를 게 뻔했다.

"진품은 맞군요. 뭐 그런대로 사긴 하겠는데, 혹시 가격은 얼마쯤 생각하나요?"

"거기선 얼마 줄 건가요?"

대좌가 물음을 물음으로 받았다. 여단장쯤 돼 보이는 고급군관이 장사꾼이 다 됐네, 하는 생각이 들며 군대도 다 썩었다는 느낌이 들었다.

"하긴 물건 값은 우리 쪽에서 정하는 게 옳지요. 이거 옛날 고관대작 집에서 사용하던 고급 병풍이면 부르는 것이 값인데 아쉽게도 이건 웬만한 시골양반집에 다 있던 거라서 사실 큰 돈 될 물건은 아닙니다."

"거 무슨 뚱딴지같은 소리요? 이건 대단한 벼슬아치가 쓰던 거란 말이요. 내가 이걸 어떻게 손에 넣었는지 알기나 하고 그런 소리 하오? 1만 달라 아래는 절대 안 되오."

　예상대로였다. 값을 높이 불러도 유분수지, 내가 가지고 떠난 돈이 1만 불인데 이것 한 개를 1만 불에 사라니. 3천 불 주면 좋을 상 싶었다. 일단 2천 불 이상은 못 준다고 못박았다. 정 안되면 4천 불까지도 줘야겠지만 일단 그렇게 맞불을 높았다. 하지만 막무가내였다. 겨우 깎은 것이 5천 불이다. 그 가격에 사서는 별로 이득이 없었다. 자금이 많으면 그렇게라도 사겠지만 우리 주머니 사정으론 그보다 싸면서도 되팔면 몇 곱절 이득 볼 만한 것을 사야 했다.

　"난 또 혜산에서 온 사람들이라고 해서 통이 큰 줄 알고 왔더니, 관둡시다. 신의주 사람들한테 파는 게 낫겠군."

　대좌는 이말 한마디를 내뱉고는 가버렸다. 골목을 빠져나가는 승용차 뒤꼬리에 점멸하는 빨간불이 돈도 없는 놈이 무슨 골동품이야, 하고 조롱하는 것 같았다.

　알고 보니 신의주에서 골동품 사러 오는 사람들은 10만 불 이상 들고 오는 경우가 태반이었다. 해주 거간꾼들은 지금까지 신의주에서 오는 "골동로반"(조선족중국인들이 골동품전문가들을 부르는 말이 이곳에도 유입되었다)들은 있었지만 혜산에서 온 "골동로반"들은 처음 본다고 했다. 그럴 만도 했다. 황해도는 신의주에서 그리 멀지 않고, 골동품 가격도 신의주가 혜산보다 비쌌다. 혜산사람들은 주로 동부지역과 거래했다. 결국 신대륙마냥 착각하고 온 황해도는 이미 신의주 "골동로반"들이 한참 앞서 석권한 시장이었다. 그 틈새를 멋모르고 "뵈는 게 없는 잡놈"들이 치고 들어 온 격이었다. 그러니 처음 느낌과 다르게 점점 찾아오는 거간꾼들이 줄어들었다. 온다는 건 아직 골동품에 초보인 사람들이고 가지고 오는 물건이란 일명 "상놈자기"나 파손된 도자기나 한갓 낙서에 버금가는 그림조각들이었다. 그러는 동안 시간만 허비하고 형철이 덕에 번 경비도 바닥이 났다. 셋이서, 그것도 날마다 술, 맥주에 고가의 음식을 먹어대니 좋은 물건 건지기도 전에 돈을 다 쓰게 생겼다. 그러니 가뜩이나 떠날 때부터 신경전이던 갈등이 점점 표면에 드러났다.

"형철이 저건 괜히 따라와 가지고 말야."

진수는 형철이 없을 때면 늘 투덜거렸다. 형철이도 그 눈치를 아는지 표현은 안 해도 심부름이라면 소갈 데 말 갈 데 가리지 않고 다녀왔다.

그러던 어느 날 군사분계선 지역에 갔다. 한 거간꾼이 말하기를 그곳에 자기가 아는 어떤 사람이 고려청자를 가지고 있는데 아무리 팔라고 해도 내놓지 않는다는 것이었다. 그 소리에 해주에서 마냥 앉은 석동만 하고 있을 수 없어 그곳을 찾아갔다. 가보니 정말 좋은 청자기를 가지고 있었다. 하지만 아무리 설복해도 조상대대로 전해오는 가보를 팔수 없다고 버티는데 벽창호가 따로 없었다. 허름한 농가에서 개고생하며 사는 주제에 그 잘난 "가문의 영광"을 지키느라 그 비싼 물건을 팔지도 않는, 우리 보기엔 정말 앞뒤가 꽉 막힌 인간, 봉건유교사상이 차있는 사람이었다. 고려청자보다 오히려 그 사람이 더 골동품이었다. 하지만 그냥 돌아서자니 기분이 허락하지 않았다. 그래서 여기저기 보이는 농가들을 직접 쳐들어가 보기로 했다. 그런데 낯도 코도 모르는 외인들이 갑자기 남의 집 문안에 들어설 방법이 문제였다. 이때 진수가 물 얻어 마시려 들어가는 척 하고 부엌을 살펴보자는 "기발한 발상"을 냈는데 그럴 듯했다. 다만 셋이 함께 돌아보기보다 각자 따로 이 마을 저 마을 흩어졌다. 그런데 저녁에 해주에서 만나고 보니 형철이가 사온 물건이 겉보기엔 조선백자 비슷해 골동품 감별능력이 형편없는 형철이로선 이게 웬 떡이냐 하고 덥석 챙겨왔다. 그리곤 자랑하기를 "내가 그 집 아줌마를 살살 얼러서 몇 푼 안주고 가져왔거든" 했다. 진수는 아무짝에도 쓸모없는 걸 왜 제 맘대로 돈까지 주고 가져왔냐며 야단을 떨었다. 나도 다시 가서 되물리라고 하고 싶었지만 차마 말을 꺼내지 못했다. 그쪽으로 가는 길은 땡볕이 내려 쪼이고 차가 지나가면 먼지가 구름처럼 이는 비포장도로를 땀에 미역을 감으며 걸어가야 했다. 간혹 지나가는 차를 보면 태워달라고 손을 들었지만 본 척도 안하고 지나갔다. 가면서 보니 길에 차를 태워달라고 계란을 볏짚에 다섯 알씩 싸서 담은 것을 쳐드는 사람들이 있었다. 돈 대신 계란을 차 태워주는 값으로 내려는 것인데 황해도에서 처음 보는 모습이었다. 농촌에는 현금이 없고 쌀, 강냉이, 콩이나 계란 같은 것이 곧 돈이었다. 거기다 황해도 농촌사람들은 함경도나 평안도 농촌사람들에 비해 훨씬 더 순박한 것 같았다. "뗑해도"니 "물렁도"니 하고 황해도사람을 비하하는 별명이 이래서 생긴 거구나 하는 생각이 들었다.

아무튼 그날 형철은 진수 눈살에 못 이겨 내가 그깟

돈 잃은 셈 치자는 데도 기어이 그 힘든 길을 다녀왔다. 그 뒤로 혜산에서 온 '로반'들이 자금이 부족해 좋은 물건 가져가도 값을 제대로 쳐주지 못한다는 입소문이 퍼져 거간꾼들 발길도 뜸해졌다. 무슨 방책이 있어야지 속이 바질바질 끓어 더 이상 버틸 것 같지 않았다. 의논하던 끝에 옹진군 송월리라는 어촌마을을 최종목적지로 삼고 다녀오기로 했다. 형철이가 처음엔 낯설고 아는 사람도 없는 곳을 어떻게 무작정 헤매고 다니겠냐며 반대했으나 진수 눈살에 마지못해 동의했다. 송월리까지 가는 도중에 벽성, 신천, 태탄, 강령, 용연 등 여러 군을 돌아볼 수 있었다. 가다가 좋은 물건을 쥐게 되면 되돌아서는 것이고 실패하더라도 송월리에서 질 좋은 해삼을 아주 싼 가격에 구입하기로 했다. 해삼장사는 형철이가 경험이 많기에 그것을 마지막 동아줄 삼았다.

맨 처음 들린 곳은 벽성군인데 들리는 마을마다 물 좀 주세요, 하며 이집 저집 문 두드렸다. 입술은 물바가지에 대고 눈알은 빛의 속도로 집안 어느 구석에 골동품 비슷한 것이 없는지 살폈다. 하지만 그것도 몇 번이지, 오래된 집이구나 싶으면 꼬박꼬박 문 두드리고 계속 물을 마셔대니 배가 빵빵하게 불었다.

"아이고 죽겠다. 나 이젠 더 못 마시겠다. 이건 아닌 거
같아."

형철이가 먼저 아부재기를 쳤다.

"그러게. 나두 더 이상 못 마시겠어. 이렇게나 해갖고."

나도 힘 빠진 소리를 했다.

"쳇, 그럼 무슨 딴 수가 있어?"

진수가 짜증을 냈다.

그러자 형철이가 참고 있던 말을 뱉었다.

"아니, 내가 말했잖아. 그냥 해주에 있으면서 알아보는
게 낫다고. 이런 식으로 온 황해도 땅 다 돌아다닐 셈이
야?" 하고 참고 있던 말을 내뱉었다.

나도 누군 시내에 있으면 편한 줄 모르냐고 한마디 하
려다 말았다.

날이 저물도록 성과는 없었다. 부득불 하룻밤 묵을 집
을 찾아야 했다. 시골 여인숙은 영업을 중단한 지 오래라
고 했다. 하긴 같은 농장식구들 먹을 것도 부족한데 여인
숙 길손에게 밥 먹일 양곡이 있을 리 만무했다. 그렇다고
밖에서 잘 수는 없고 무작정 이집 저집 문 두드려 겨우

한 집에서 받아줬다. 그런데 집이 독특한 구조였다. 출입문이 대문처럼 쌍문이고, 들어서면 정면이 부엌, 좌측에 큰 방 두개, 우측에 사랑방 격인 작은 방 한 개로 되어 있었다. 무슨 사무소 건물로 쓰던 집 같기도 하고 중국식 단독주택 느낌도 들었다. 주인에게 궁금증을 못 참고 물어봤다.

"이렇게 생긴 집은 처음 보는데요?"

"아마 그럴 거외다. 내가 그전에 북쪽에도 자주 가곤 했는데 이런 집은 보지 못했어. 실은 이게 중국식으로 지은 집이라. 옹진에 간다니 가면서 보겠지만 이런 집이 그쪽으로 갈수록 더 자주 보일 거외다. 옛날 이 지역에 중국지원군이 많았거든. 그 사람들이 1958년도에 철수할 때까지 이런 집을 많이 지었는데 그게 이렇게 남아있는 거지."

주인은 나이가 칠십 쯤 돼보였다. 볕에 그을린 검은 얼굴에 주름이 자글자글한데 의외로 나이가 훨씬 더 적을지도 몰랐다. 대개 시골사람들이 도시사람들에 비해 겉늙어 보이는 법이다. 나이가 많아 농사일은 그만둔 상태고 대신 "부대노력"이라고 해서 마을 경비나 서주고 새벽이면 돌아다니며 집집마다 깨워주는 역할을 했다. 그 집에 하룻밤 묵으면서 황해도 농촌사람들이 얼마나 고단한 삶을 사는지를 느낄 수 있었다. 노인이 새벽 3시에 일어나 이집 저집 문을 두드려 깨워주면 안주인들은 미처 세면할 새도 없이 불을 지피고 쌀을 씻어 밥을 지었다. 산이 멀리 있는 벌방이어서 땔나무도 없어 볏짚으로 불을 땠다. 그런데 손으론 요리를 하는 한편 동시에 발로 볏짚을 꺼당겨 아궁이에 넣고 이리저리 헤집으며 불 조절하는데 솜씨가 혀를 내두를 정도였다. 나무와 석탄이 많은 함경도나 평안도 쪽 여인들 같으면 흉내도 내지 못할 재주였다. 동트기 전까지 밥을 먹고 나면 아직 어둠이 채 가시지 않은 논두렁길로 일하러 나간다. 그리곤 온종일 뙤약볕 아래 허리 부러지도록 날이 어두워질 때까지 일해야 한다. 말 그대로 별을 지고 나가 별을 지고 들어오는 생활이다. 집에 들어서면 씻을 생각도 못하고 허겁지겁 밥을 먹고 곯아떨어지고 다시 새벽이면 문 두드려 깨워주면 일어나 밥을 짓는다. 일하느라 밥 짓느라 여자들 고생이 말이 아니었다. 그래도 밥은 벼농사 위주여서 쌀밥을 먹던데 나 같으면 차라리 옥수수나 감자를 먹더라도 좀 편히 사는 게 낫지 그렇게 살 용기는 없었다.

노인에게 골동품 얘기를 슬쩍 꺼내봤다. 혹시 마을에 옛날 도자기나 병풍, 족자 같은 것을 가진 집이 있을지 모를 일이었다. 노인도 골동품이 돈 된다는 얘기는 알고 있었는데, 집에 병풍이 있던 걸 몇 해 전 해주에서 온 거간꾼에게 속아 거저나 다름없는 값에 내줬다며 쓴 웃음을 웃었다. 그러면서 자기가 이 마을 어느 집에 숟가락 몇 개 있는지까지 알 정돈데 골동품 있는 집은 없다고 했다. 대신 노인은 태탄군에 사는 친지가 좋은 청자주전자를 가지고 있었는데 혹시 팔았는지 모르겠다며 한 달 전에 갔을 때까진 그대로 있더라고 했다. 그 말에 군침이 꼴깍 넘어갔다. 더 지체할 새 없었다. 어느 빠른 놈이 먼저 찾아가 물건을 손에 넣을 것만 같아 바로 떠나기로 했다. 태탄군은 최종목적지로 삼은 옹진 가는 도로가 경유하는 고장이다.

"그럼 걸어갈 필요 없이 차 잡이 해 타고 가면 되겠구나."

형철이가 물 얻어 마시는 노릇 안 해도 되겠다며 좋아했다.

"차는 무슨 차. 걸어가면서 한집이라도 더 돌아봐야지."

진수가 발끈했다. 형철이 말이라면 무작정 반대다. 나도 둘 사이 아귀다툼을 뜯어 말리기에 지쳤다. 차를 타고 가자는 말엔 나도 동감이었다. 진수도 생각이 같지만 형철이가 아니꼬워 괜히 삐뚠 소리를 할 뿐이었다.

출발하기에 앞서 길에서 차가 보이면 쳐들어 보일 계란을 샀다. 살다보니 황해도 시골사람 흉내를 내는 날도 있구나 싶었다. 길에 나서 차를 기다리는데 차가 몹시 드물게 나타났다. 그것도 대개 군대차라서 태워달라고 계란을 쳐들 엄두도 못 냈다. 한 삼십분 기다려서야 적재함에 사람들을 태운 화물차가 나타났는데 그마저 놓쳐버렸다. 형철이가 또 사고를 쳤기 때문인데 달걀을 그가 들고 있다가 차가 가까이 오자 흥분했는지 그만 발을 헛디뎌 고꾸라지며 몽땅 깨뜨리고 말았다. 밉다니까 점점 미운 짓만 골라하네. 진수는 기가 막혀 욕도 못하고 입만 하, 벌렸다. 계란을 깨뜨렸으니 걸어가는 수밖에 없게 됐다. 다른 지방에선 차 세울 때 돈을 흔들어 보이면 태워주는데 황해도는 돈을 쳐드는 것을 부담스러워 하는 분위기였다. 또 강도질 하는 군인들이 많은 곳이라 괜히 돈 가진 티를 내다간 자칫 봉변을 당할 수 있었다.

넘어질 때 발목을 상했는지 형철이가 절뚝거렸다. 숨 막히는 더위에 죽을 지경인데 이젠 부축해주며 가야 될 판이 됐다. 그대로 계속 갈 수는 없고 하여 의논 끝에 길에서 가까이 보이는 마을에 숙소를 정해 남겨두고 가기로 했다. 문제는 둘이서 가다가 골동품을 끝내 구입하지 못하는 경우 형철이 없이 최종목적지인 송월리에서 해삼을 어떻게 살지, 였다. 진수도 해삼을 좀 알지만 형철에 비하면 많이 부족했다. 생각다 못해 형철에게 우리가 사흘 내로 돌아오지 않으면 바로 송월리까지 차를 얻어 타고 오라고 했다. 태탄군에는 날이 저물어 도착했다. 벽성군 노인이 적어준 주소를 찾아가니 주인이 마침 저녁식사를 하려던 중이었다. 나는 인사를 하면서도 재빨리 집 안을 곁눈질로 살폈다. 어디 깊숙이 보관했는지 기대하고 온 청자주전자는 보이지 않았다.

하지만 세상에, 이럴 수가!

나는 주인의 말에 그만 졸도할 뻔 했다. 불과 몇 시간 전 신의주 것들이 사갔다지 않는가. 그걸 구세주로 믿고 왔더니 재수가 없어도 이렇게 없을 수가 없다.

"다 형철이 그 자식 땜이야. 계란 깨뜨려서 차 못타, 발모가지 삐어 절뚝거려, 숙소 잡아주느라 시간 다 잡아먹어, 하여튼 뭐 한 가지 도움 되는 게 없다니까."

진수는 그동안 쌓이고 쌓인 불만을 게거품을 물고 토해냈다. 앞에 형철이가 있으면 당장 쳐죽이기라도 할 것처럼 얼굴이 벌겋게 달아 씩씩댔다. 어쨌거나 또 물마시기 게임을 계속 할 수밖에 별도리가 없게 됐다.

홧김에 술을 기껏 마시고 너부러져 다음날 점심때 다 돼서야 일어났다. 그나마 좀 위로가 된 건 집 주인이 우리 꼴이 안쓰러워 옹진에서 골동품 가지고 있을 만한 사람 몇을 소개해준 것인데 거기에 희망을 걸고 제발 이번에는, 하고 빌며 길을 떠났다. 마침 날씨도 흐리고 선선한 바람이 불어 걸음걷기는 좋았다. 왠지 일이 잘될 것 같은 예감이 들었다.

하지만 예감이 반대인 경우가 많다고 소개받은 사람들을 다 찾아갔으나 이미 팔아버린 뒤였다. 너무 허탈해 힘이 쫙 빠지고 좌절감이 몰려와 더 이상은 알아볼 엄두가 나지 않았다.

이제 남은 건 하나뿐, 송월리에 가 형철이 오기를 기다리는 일이었다. 형철이가 도착하는 대로 해삼을 잘 사자. 속구구를 해보니 해삼장사만 성공해도 그동안 써버린 돈을 봉창하고도 이득은 좀 볼 수 있었다. 송월리에 가니 벌건 진흙길에 가늘고 길쭉한 회색빛 맛조개 껍질을 두껍게 쭉 깔아 포장한 것이 이채로웠다. 맛조개가 얼마나 많으면 길을 껍질로 덮었을까 싶었다. 또 듣던 대로 송월리가 진짜 해삼고장은 해삼고장이었다. 특히 해군부대에 소속된 잠수부들이 위수해역으로 정해진 바다에서 건져 올리는 해삼이 좋았다. 그런데 말린 해삼 사기가 쉽지 않았다. 해주, 평양, 신의주 등에서 온 외화벌이 기관들이 해삼을 말리기 바쁘게 싹쓸이해가고 있었다. 우리로선 젖은 해삼 사기는 쉽지만 말린 것만 사자면 집집마다 돌며 미리 선금을 주고 기다려야 했다. 거기다 젖은 해삼이 마르면 모양과 무게가 어떻게 될지 감 잡을 수 없어 형철이가 꼭 있어야만 했다. 비록 골동품 찾는 데는 사고뭉치나 마지막 동아줄은 형철인 셈이었다. 하지만 오기로 약속한 형철이가 사흘이 돼도 오지 않았다. 또 무슨 변고가 생긴 것이 분명했다. 마냥 기다릴 수만은 없어 형철이를 두고 온 마을에 가보기로 했다. 가보니 이건 또 무슨 소린가. 숙소집 주인이 말하기를 형철이가 해주로 급히 가야한다며 떠난 지 이틀이나 된다는 거였다.

"와, 환장하겠네."

내 참을 성도 한계에 달했다.

"당장 가자! 해주에."

둘은 분통을 터뜨리며 해주 가는 차를 잡아탔다. 가는 도중 해주에서 멀지 않은 "죽전초소"라는 검문초소에 단속됐다. 해주시로 한정된 여행증명서로 왜 다른 곳을 돌아다니는가 트집 잡았다. 뇌물을 요구하는 수작이었다. 사정 좀 봐달라며 버텨봤지만 소용없었다. 경비병이 욕심 낸 건 의외로 우리가 쓰고 있은 선글라스였다. 당시엔 최고로 좋은 고가의 선글라스였다. 괘씸스럽지만 얼른 벗어주고 곧장 해주에 당도했다.

집에 들어서니 형철이 혼자 술을 마셔대는 중이었다. 미안해 죽는 시늉을 해도 모자랄 판에 뻔뻔스럽게 술에 고기에, 아주 날 잡아라 하는구나. 얼마나 마셔댔는지 흠뻑 취한 얼굴로 히물히물 허튼소리를 뱉어냈다.

"어이. 골동로반들이 왔구만. 그으래 한 백만 불짜리

건져왔소이까?"

"뭐가 어째 이 자식. 네가 사람이야?"

진수가 와락 달려들어 형철이 멱살을 잡았다.

"아이고 숨넘어간다. 이 이거 좀 놓구⋯⋯."

"개수작 말아."

형철이 끅끅 대며 얼굴이 하얗게 변했다. 큰일 날 것 같
아 황겁히 뜯어 말렸다. 그제야 술이 깨며 정신이 돌아오
는지 형철은 미안하다는 말을 반복하며 자초지종을 말
했다.

"실은 너희들과 헤어진 뒤 혼자 우두커니 앉아 생각해
보니 말썽만 차고 짐만 되고 있는 내가 너무 밉더라고.
속이 뒤집혀 도무지 가만있을 수 있어야 말이지. 그래 그
동네에 혹시 골동품 가진 집이 있을지 모른다는 생각에
돌아봤어. 근데 우연히 그 동네서 제일 나이 많고 혼자
사는 할망구한테 물건이 있을 줄이야."

순간 목에 침이 꼴깍 넘어갔다.

"그, 그래서?"

"아, 그래서는 무슨 그래서야? 살살 구슬렀더니 아 글
쎄⋯⋯ 가 가만, 이거 어디 갔어?"

궁금해 못 견디겠는데 형철은 술병을 찾았다.

"여기 있잖아."

진수가 짜증난 얼굴로 옆에 보이는 술병을 들어 콱 처마시라는 듯 잔이 넘쳐흐르게 부어줬다. "빨리 먹구 빨리 말해."

"……그, 그래서 구슬렀는데 골동품이라는 말 자체를 모르는 게 아니겠어. 그래 옛날 도자기나 병풍 같은 거라고 설명했더니 그건 해서 어디다 쓰려는가 되묻데. 그래 슬쩍 거짓말 했지. 내가 고고학자라고. 그, 근데 또 고고학자가 뭔지도 모르더라구. 또 설명했지, 역사를 연구하고 옛날 유물을 발굴하는 사람이라고."

"아, 서론이 너무 길다. 그래 대체 어떤 물건이게?"

진수가 짜증을 냈다.

"이런 젠장, 그리 급하긴. 저 장롱이나 열어봐."

"여기 말야?"

나는 허둥지둥 덤비며 장롱을 열었다. 순간, 옥색 빛 고려청자주병과 백옥같이 하얀 재질에다 머리 빨간 학이 그려진 진사청화백자가 눈에 확 들어왔다. 탄성이 나왔다. 무슨 기적인가. 나는 눈을 비비고 물건을 살폈다. 틀림없는 진품이다. 아아! 눈물이 다 나왔다.

"근데 이거 공짜는 아닐 거구 어떻게 가져왔어?" 나는
실감이 나지 않아 물었다.

"당연히 공짜 아니지."

"아니 돈은 우리한테 있었는데."

"나한테 있던 돈만 줬지."

"무슨 소리야. 그게 얼마 된다고."

"아, 말했잖아. 그 할망구 골동이란 골자도 모른다구.
또 내가 고고학자라니까 다 산 늙은이 그깟 낡은 물건
관에 넣어 가겠는가며 그냥 가져가라는 거야. 나라에 바
치는 게 도리라며……."

횡재도 이런 횡재가 없다. 결국 양심이 찔려 용돈이나
하라며 양복 한 벌 값도 안 되는 돈을 건네주고 가져왔
다는 소리였다.

"와! 이런 천하에 사기꾼."

진수는 너무 황당해 비명을 올렸다.

분노와 좌절과 놀램과 기쁨이 오락가락하는 날이었
다. 형철이 위상도 하늘만큼 올라갔다. 진수도 그동안 형
철에게 못되게 굴어 미안하다고 사과했다.

"자 오늘은 몸이 흙이 되도록 실컷 마셔보자."

나는 진수와 함께 장마당에 나가 술안주로 좋은 해산물을 한 구럭 샀다. 돌아오는 길에 외화식당 간판이 보였다. 혜산에는 외화상점은 있으나 외화식당이 없었다. 외화식당은 말만 들어봤지 들어간 적은 없었다. 한번 구경이나 하고 싶어 문을 열고 안을 살펴보니 내부가 꾸밈새부터 달랐다. 예쁜 여종업원이 화사한 얼굴로 어서 오세요 하고 반겨 맞았다. 하지만 식사하려는 게 아니라 한번 둘러보고 싶어 들어왔다는 말에 선녀 같던 얼굴이 대번에 악녀로 변했다. 실눈을 하고 아래 위를 훑어보곤 "나가세요. 얼른. 아 빨리요. 파리 들어와요." 하며 손을 내젓는데, 얼떨결에 쫓겨나왔다. 누가 보기라도 하면 어쩌나 싶게 쪽팔렸다. 옷도 되는대로 입었더니 아주 거지취급한 것 같았다. 달러나 엔 같은 것을 써야 사람 취급하는 곳이었다.

"뭐 파리 들어온다? 아 열 받네. 생각해보니 저게 우릴 파리라고 쫓아냈네."

진수는 다시 들어가 혼내자며 씩씩거렸다.

"참자. 이 꼴로 그래봐야 괜히 더 망신이지. 내일 멋지게 차려입고 다시 와서 한상 푸짐히 먹으며 한마디 하자. 꼬릴 살살 흔들며 아양 떠는 꼴도 좀 보고."

홧김에 외화식당 주변에 위치한 외화식당에서 중국 '칭다오맥주'를 한 상자 샀다. 비싼 맥주여서 언제 한번 양껏 먹어보지 못한 맥주였다. 혜산에 가면 대박 칠 물건도 건졌겠다, 이젠 돈 좀 펑펑 써도 될 처지가 아닌가.

"젠장, 우리도 좀 사람답게 먹어보자." 하며 진수도 기분을 바꿨다.

그날 저녁, 한창 마셔대고 있는 중에 누군가 문을 두드렸다. 어느 거간꾼이 찾아왔나싶어 문을 열었더니 살모사 눈에 캡을 쓴 자가 어떻게 왔냐는 말에 대답도 않고 밀고 들어왔다. 그리곤 맥주병들이 널려있는 광경을 째려보고 방안 여기저기를 빠르게 살폈다. 불길한 느낌에 등골이 서늘했다.

"나 분주소(파출소)에서 나왔는데 너희들 혜산서 왔지?"

순간, 걸렸구나! 하는 생각이 뇌리를 스쳤다. 사복한 안전원이었다. 초면임에도 반말인 걸 보니 알 건 다 알고 쳐들어온 것이 분명했다.

"해주엔 왜 왔어?"

"장사 왔어요."

"무슨 장사. 골동품?"

알고 온 것이 맞았다. 그렇더라도 당황하면 안 되고 일
단 거짓말 했다.

"저흰 중국 상품 가져다 팔았는데요."

"야, 거짓말 할래? 중국 상품 팔아 뭘 사려 했는 지나
말해."

"해삼 사 가려구요."

"해삼? 이 새끼 솔직하지 못하네. 해삼 사기나 샀어?
샀으면 내놔봐."

"아직 사지 못했습니다."

"왜 못 샀나? 온 지 한 달 넘는데 못 샀어?"

"값이 맞지 않아 못 샀습니다."

"이 새끼가!"

대뜸 주먹이 날아왔다. 또 발로 차는 걸 발목을 덥석
잡았다.

"이거 안 놔?"

"말로 합시다."

"너 이 발 안 놔? 새꺄."

"아, 말로 하자니까요"

발을 놓아주지 않자 손이 꽁무니에 닿았다. 권총을 꺼내려는 거였다. 순순히 맞아줄 수밖에 없는 대목이었다. 발을 놓아주자 주먹질 발길질을 마구 해댔다. 너희 북쪽 새끼들 황해도사람 얕잡아보지? 물렁도라 글지? 뗑해도라 글지? 황해도사람 뒷심 세다는 거 알아? 몰라? 하며 북쪽사람에게 당한 상처가 있는지 당치 않은 욕을 해댔다. 한참 매질하다 힘 빠졌는지 멈추곤 장롱을 열라고 했다. 열면 끝장이니 죽는 심정으로 열었다. 그동안 사둔 물건들과 달러를 넣은 가방이 고스란히 드러나는 순간. 내 눈을 의심했다. 이게 어찌된 일인가. 형철이가 가져온 청자주병과 청화백자가 사라지고 없었다. 그걸 알 리 없는 안전원은 눈에 보이는 것만으로도 큰 고기를 낚아낸 것 같은 흐뭇함에 얼굴이 달아올랐다. 그리곤 수갑을 꺼내 내게 채우려 했다. 나는 등 뒤로 손을 빼며 저항했다. 진수와 형철이가 제발 구속은 하지 말아달라고 매달렸다. 안전원은 안 되겠다 싶은지 다음 날 오전 스스로 분주소에 와 조사 받으라고 으름장을 놓고 가버렸다. 회수

한 골동품들과 돈 가방도 가져갔다.

"근데 형철이 가져온 물건은 대체 어디 간 거야?"

진수가 입을 뗐다. 그것 참 귀신이 장난친 것도 아니고.

"아, 그건 뒷마당에 있어"

"뭐 뒷마당에?"

"아까 너희들 장마당 간 동안 혼자 있기 갑갑해 진품이 어떤지 햇빛에 자세히 살펴보느라 들고 나갔다 그냥 두고 들어왔거든."

"정말이야?"

진수가 후다닥 뒷마당에 뛰어나가 양손에 도자기를 들고 들어왔다. 이거야말로 불행 중 다행 아닌가. 형철이가 또 한 번 우릴 살린 것이다. 우연이라지만 형철이 너무 고마웠다. 하지만 안전원이 언제 다시 쳐들어올지 모를 긴박한 상황에 마음 놓을 상황이 아니었다. 대책이 필요했다. 새벽에 떠나는 혜산 행 열차로 형철이만 먼저 떠나보내기로 했다. 셋이 함께 떠날 수도 있지만 오히려 더 위험할 수 있었다. 갑자기 사라지면 해주시 안전부가 철도 안전부에 협조를 의뢰할 것이고, 열차에서 붙잡힐 수 있었다. 안전원이 내가 주범이고 진수와 형철은 그냥 따라

다니는 정도라는 것까지 아는 만큼 둘만 있으면 형철이 한 명 사라진 건 신경 쓰지 않을 것이었다. 도자기는 송월리에 갔을 때 사온 말린 맛조개 살 배낭 속에 파묻었다. 또 열차시간이 새벽임에도 형철이는 안전원이 밤중에 또 들이칠지 모르니 미리 해주 역에 나가 시간을 보내다 가겠다며 떠났다.

그런데 우리가 모르는 것이 있었다. 밤늦게 들어온 진수 친구 용삼에게 일이 터진 과정을 말했더니 그 안전원을 자기도 잘 아는 놈이라며 사람은 잡아가지 않고 물건과 돈만 가져간 건 우릴 도망가라는 수작이라고 했다. 결국 우리가 사라지면 돈과 물건을 꿀꺽하려는 심보였다. 그걸 알고도 지체하는 것은 위험했다. 진수와 나는 서둘러 떠날 준비를 하고 해주역으로 향했다. 혼자 열차시간을 기다리던 형철이는 대합실에 들어서는 우리를 보자 또 무슨 일이냐며 놀랐다.

가는 중에 또 사고가 났다. 열차가 사리원에서 정전으로 오래 정차하고 있는 동안 셋이 깜빡 잠든 사이 도자기를 속에 넣은 맛조개 배낭이 감쪽같이 사라졌다. 소매치기 작간이 분명했다. 사방을 살펴봐야 도둑이 열차에 그냥 있을 리 만무했다. 너무 기가 막혀 말이 나오지 않았다. 이 꼴로 가야한단 말인가. 일확천금을 목전에 두고 모든 것이 허사가 되고 말았다. 아니 그보다는 빚단련이 시작될 걸 생각하니 그냥 죽어버리고 싶은 심정이었다.

그 후 진수 친구 용삼이가 혜산에 왔다. 그는 우리가 떠난 직후 생긴 일이라며 해주역사박물관에 도둑이 들어 고가의 유물들이 상당수 털렸고, 범인이 잡혀 해주시민들이 모인 앞에서 공개총살 당했다는 거였다. 또 그 일로 인해 해주에 검거선풍이 불어 골동품 거간꾼들이 모조리 체포되고, 신의주에서 온 골동품 장사꾼들도 잡혔는데 아마 살아남기 어려울 거라고 했다. 나는 가슴을 쓸어내렸다. 해주에 그냥 머물렀다면 우리도 무사하지 못했을 것이었다. 하늘이 도왔다고 할지. 거기다 빚진 돈 1만 불을 갚지 않아도 되는 일이 생겼다. 나에게 달러를 대준 조선족상인이 누명을 쓴 건지는 모르겠으나 남쪽 안기부와 연계된 인물로 알려져 다시는 국경을 넘어올 수 없게 된 것이다.

엄마의 과거

이지명

이지명

함경북도 청진 출생. 전 북한 작가. 2008년 12월 『한국소설가협회』에 장편소설 『삶은 어디에』를 발표하며 등단했다. 『삶은 어디에』는 2009년 1월 KBS한민족방송 라디오극장 드라마로 각색되어 방송되었다. 발표작품으로 「복귀」「환멸」「안개」「확대재생산」 등과 장편소설로 『포 플라워』『두형제 이야기』가 있고 『서기골 로반』을 공동 출간했다. 북한 인권을 말하는 남북한 작가 공동 소설집 『국경을 넘는 그림자』『금덩이 이야기』『꼬리 없는 소』『단군릉 이야기』와 경원선을 주제로 한 소설집 『원산에서 철원까지』에 참여했다.

1

늦은 새벽, 두 남녀가 냇가의 펑퍼짐한 공지에 앉아있
다. 아직은 컴컴한 어둠만 배회할 뿐 보이는 것은 없고
돌돌 흐르는 되알진 물소리만 요란했다.

"딱 그 남자에게 시집을 가야 했어?"

나이 지긋해 뵈는 남자가 매우 서운한 목소리로 묻는
다. 다소곳이 고개를 숙인 여자는 대답대신 손톱 여물만
썰 뿐, 흐트러진 머리를 다듬을 생각조차 없는 것 같다.

"이해는 한다. 너 여기 두메산골을 떠나고 싶어 그런 거지?"

여자가 고개를 들자 샛별 같이 또렷한 눈길이 마주쳐선지 이번엔 남자가 고개를 숙인다.

"떠나가니까 날 다친 거예유? 대체 언제부터 날 노렸던 거에유?"

여자의 불만 섞인 말이다. 약간은 분노도 섞였다. 방금 무슨 일이 있었는지 짐작이 갔다. 남자는 제꺽 말을 받지 못하고 물끄러미 개울쪽만 바라볼 뿐.

"난 정말 이럴 줄 몰랐어유, 양심 없어유."

"그럼 허락하지 말지, 아무 말도 없다가."

"그런다고 그만 둘 거 아니었잖유? 진짜 양심 없어유. 그러자고 나 혼자 읍에 간다는데 부득부득 따라 나섰시꺄? 벼룩 간만큼도 양심 없어 갖구."

남자가 시물시물 웃는다. 내쏘는 여자의 말이 무척 귀엽게 들리는 듯하다.

"이미 지나갔는데 뭐. 어찌됐든 난 네가 걱정이다."

"뭐가유?"

"오늘 읍에 가서 수속 다 끝냈으니 낼은 영영 이 고장을 뜨겠지?"

"그런데유?"

"그 척박한 함북에 가서 네가 살 수 있을까?"

"별 걱정을, 사랑이 있는데 어디선들 못살겠시꺄?"

"그딴 생각이 문제야, 먹을 게 없어 떼죽음이 나는 세월에 사랑 같은 소릴."

"예? 대체 무슨 말을 하고 싶은 거예유?"

"아니, 말은 무슨…… 난 사실 네가 정말 좋았는데."

"그게 장개 간 사람이 딴 여자보고 할 말이에유?"

"미안하다. 정말……."

남자는 말끝을 얼버무리며 여자의 갸름한 얼굴을 쓰다듬는다.

"이러지 마유. 나 곧 결혼식 올려유."

"그것 참, 낼부터 네가 없다고 생각하니까 여기가 막 지옥처럼."

"됐네유. 욕심 참, 살찐 돼지 같네유. 그럼 난 시집도 안 가고 그냥 부위원장동지 씨다발이나 하라는 거예유?"

"씨다발이라니? 아니 무슨 말을 그렇게? 너 함북놈하고 섞이더니 말투까지 변했구나."

"그게⋯⋯."

여자가 멋쩍은지 어설프게 웃는다.

"천진난만하다는 건, 하긴 내 너의 그 순진함에 홀딱
빠졌지마는."

"이젠 모든 걸 잊으라유. 난 낼 떠나유."

"너 정말 괜찮겠니? 그 드센 함북사람들 속에 섞여 살
아낼 수 있겠니?"

"괜찮아유. 내겐 학수동무가 있잖아유."

"어디가나 주변사람이 좋아야 편히 사는 거야."

"그럼 내가 학수동물 잘못 만났다는 거네유. 지금
누굴 질투해유? 너무 달라고 보채서 눈 한번 감았더
니⋯⋯."

"그런 말이 아니잖니, 너 함경도 사람들이 우리 황해도
사람을 뭐라고 부르는지 아니? 떵해도 놈이라고 해."

"떵해도유? 그게 무슨 말이에유?"

"무슨 말이긴 한 대 주어 맞은 놈처럼 떵, 하다는 뜻이
지. 난 네가 함북에 가서 업심을 당하거나 조롱거리가 될
까 진짜 걱정된다."

"난 또, 그게 다 사람 나름이겠쥬. 만약 그랬대도 학수

동무가 여기 경보부대출신이니 그딴 놈들 혼빵 내주겠쥬.”

“옛날 죄진 자들 유배나 보내던 그 척박한 땅에 가면서 두 너 신났구나.”

“척박하면 살찌우면 되지유. 스물넷 먹도록 땅을 뚜진 이 손바닥 어따 써유? 별 안할 걱정을……”

여자가 새침해지자 남자는 입을 다물고 멍히 쳐다만 본다. 다 식어빠진 그라루한 말로 벌써 학수란 제대군인에게 풍덩 빠져버린 연희를 더 이상 설득할 수 없다는 것을 문득 깨달은 것처럼, 푹 꺼진 한숨만 목구멍을 터트린다.

“혹 무슨 일 생기면 전보 쳐, 알겠지?”

푸르스름하게 새날이 밝아왔다. 사방 어디나 꽉 둘러선 우중충한 산발이 희미한 자태를 드러내자 두 사람은 그제야 툭툭 엉덩이를 턴다.

2

날이 밝는다. 작은 도시라 변두리 단층집들에서 홰를

치는 수탉 울음소리가 새벽부터 요란하다. 벌써 세 번째, 하지만 곯아떨어진 새댁은 여전히 꿈나라다. 늦도록 술을 퍼마신 학수도 네 활개를 펴고 쿨쿨 콧소리만 낼 뿐, 드르륵 미닫이를 열고 그 꼴을 보는 아니꼬운 눈초리가 맵짜다. 저게 새색신가? 술김에 헤집었는지 양쪽가슴 다 드러내놓고 쿨쿨 잠에 빠진 새 며느리를 보는 한씨의 눈이 번뜩 빛을 뿜는다.

와륵, 미닫이가 세차게 닫힌다. 쟁강, 자르르, 부엌에서 그릇소리가 요란하다. 그래도 윗방 미닫이는 열릴 줄 모르고⋯⋯.

아침상이 차려졌다.

"얘, 너 시집온 새새기 맞냐?"

한씨의 독 묻은 말이다.

"예? 왜 그러시꺄?"

"시꺄? 에구 내 언제까지 저 거북한 소릴 들을까."

"어머이."

학수의 머리가 열린 미닫이에 삐쭉 나타난다.

"왜?"

"입에 굳은 사투리가 쉽게 지워지우? 어머이가 익숙해

져야지."

"너는 익숙해져 좋겠다. 자고로 옛날부터 사람은 말버릇이 인물이고 인품이라 했다."

"참, 그럼 말은 흘리고 눈으로 보기만 하면 될 걸."

"뭐라냐?"

"저만큼 곱은 색시 이 동네서 어머이 며늘 내놓고 어딨소."

"등신 같은 놈, 그래서 그 먼 황해도서 계집차구 제대했냐? 벌써부터, 어이그 썩 나와 밥이나 처먹어라."

한씨가 울컥해 휭, 일어나 문을 찬다. 그런데도 두 연놈은 마주보며 키드득 웃는다. 이래서 자식 키워봤자 속병만 얻는댔다.

"나가 봐유." 연희가 샐쭉 신랑을 치떠 보며 말한다.

"내가? 너 때문인데, 네가 나가 아양 떨어야지. 어서."

"자신 없어유."

"일없어. 겉은 저래도 속은 말랑말랑해. 나가서 말이야, 어머이 낼은 내가 수탉 될 게유. 꼬끼요!"

학수가 두 팔로 옆구리를 치며 수탉울음소리를 내자 연희가 깔깔 웃으며 자신 있게 밖으로 나간다. 그런데 나가자마자 앗? 하는 비명소리가 난다. 학수가 급히 문을 연다.

"오그라질 년, 보기 싫다니까 점점."

"어마이 왜 또? 미운 놈 떡 하나 더 주랬다구, 거참."

학수가 재빨리 다가가 넘어진 연희를 일궈 세운다.

"자고로 남도 씨다구들 제 구실하는 거 내 못 봤다. 떵해도 년이니 어련할까? 야, 넌 시어미가 네 동민 줄 아냐? 어따 대고 추근거려."

아양 떨려다 봉변을 당한 연희가 그렁그렁 눈물 괸 눈으로 학수를 째려본다.

"나 친정에 갈래유. 알았시꺄?"

"또 꺄? 야 날래 가라. 그 말 나오길 내 눈깔 빠지게 기다렸다. 아무렴 네가 없다고 내 아들 색시감 없을까?"

"어머이는? 난 연희가 존데 거 성질 좀 쥑이면 안 되우?"

"뭐가 어찌구 어째?"

"연희가 뭘 그렇게 잘못했다구, 어제두 종일 산에 올라 밭일을 하고 달을 이고 집에 들어왔잖수. 늦잠이 대수요. 뭘 그런 걸 갖구 유치원 애처럼, 어머이가 틀렸어유."

"말 본때 봐라, 그게 어미한테 할 소리냐? 말끝마다 유, 유, 이놈아 에미네한테 미치면 개천까지 따라 나가 짚신 짝 건져 준다구 내가 너 같은 팔부짝을 낳고, 애고 내 팔 자야."

한 씨가 푸념을 하다 휭, 바람을 일으키며 대문 밖에 나간다. 저 쯤 되면 동갑네 집에 가 옆집, 앞집 건넛집, 길 건너 아파트까지 드르르 소문나도록 별의별 험담 다 쏟을 판이다. 그러잖아도 떵해도 며느리 맞았다며 눈 가로째고 흠집 잡지 못해 몸살 떠는 사람들인데, 칭찬해줘도 흉 될 판에 없는 것 있는 거 다 싸몰아 험담만 해대니 연희가 그 아무리 절색이고 품성 바른 색시여도 뒷욕은 늘덤일 수밖에 없다.

떠나올 때 들은 농장 관리부위원장 동택의 말이 그래서 새록새록 머리에서 떠나지 않는다. 여기 북방사람들은 추운 곳에서 살아 그런지 드세기 이를 데 없고 옳던 그르던 무조건 남한테 이겨야 직성이 풀리고 모여 앉으면 남 흉질과 제 자랑에 앉힌 밥이 다 타버리는 것도 모른다.

떠나올 때 걱정하던 동택의 말이 틀린 데 하나 없다. 사실 결혼식 날에도 대 놓고 수군덕거리는 소리를 연희는 참 아프게 들었다.

"새기가 곱기는 곱은데 구실은 할라나."

"그게 무슨 소리우?"

"생선도 밸 따지 않고 통째로 끓여 먹는다는 황해도 종자니까 하는 말이우."

"아니 고기 밸을 팽개치지 않고 끓여 먹소?"

"그거만이면 좀 좋게, 된장에 쉬 쓸어두 슬슬 밀어내고 날름날름 퍼 먹는 답데."

"에구 메스꺼바라."

"구데기도 된장 먹고 자랐으니 더럽지 않다는 게지. 남도내기들은 옛날부터 쭉 그랬다우."

"들은 소리우 직빵 본 소리우?"

"내 조카며느리가 황해도 여자라우. 옛날부터 그 집 가물댁 됨됨일 알자문 마당 변소칸부터 보랬잖소. 그 뜨물에 그 나물이지 저 색시라고 무신."

"생김새는 눈 떼처럼 하얗구만은……."

"그럼 뭘한다우? 두고 보, 얼마 못가 보따릴 쌀 거니."

이 사람들은 한 번 입 떨어지면 장소니 뭐니 누가 듣건

말건 안중에도 없는 것 같다.

　이후 연희는 시어머니 대신 부엌살림을 맡고 나서 놀랐다. 세간살이 전반은 친정집과 별반 차이가 없지만 챙겨 정리해 놓은 것은 딴판이다. 정리보다 완전 장식이고 치레라 해야 맞다.

　알른알른 닦은 찬장 위에 줄을 맞춰 올려놓은 부엌세간 어느 그릇이나 반짝반짝 빛이 났다.

　하루에 한 번씩 그 많은 버치며 함지, 양재기, 밥사발 국 사발 접시 이름가진 것들을 다 내리워 먼지 하나 붙어 있을세라 반짝반짝 닦아야 되고, 닦아서 올려놓는 것도 사람마다 취향은 다르지만 질서 있게 모양과 크기를 맞춰 아주 멋지게 뵈도록 장식한다. 번거롭다는 건 참……. 황해도에서는 부엌치레란 걸 모른다. 그냥 있는 대로 겹쳐 놓고 필요하면 꺼내 쓴다. 근데 여긴 모든 세간들이 제 용도대로 쓰이는 것보다 부엌을 장식하는 용도로 쓰이는 것 같다. 여러 모양의 그릇을 어떻게 배열하고 색깔도 잘 배분해 맞춰야 되는데 그게 또 시어머니 눈에 들어야지 제멋대로 하면 안 된다. 나름 잘해놔도 기분에 따라 달라지는 시어미심보를 무슨 수로 맞춘담? 글쎄, 알

뜰이니 바지런이니 해도 사는 습관이 아이 적부터 그리 돼야 그렇겠거니 하고 모든 걸 다 불평 없이 감당하겠지만 나서 처음 맞다 들린 연희로서는 뼈가 늘어지게 애써도 칭찬은커녕 늘 욕바가지다. 해종일 적시고 닦고 내렸다 올렸다 이리 맞추고 저리 맞추고 미친년 장단 두드리듯 뺑뺑 돌아쳐도 칭찬 한마디 들어 못 본다. 이게 뭐야, 이게 네겐 곱게 보이냐? 사발도 빡빡 닦아라. 저 누런 점 안 보여? 더러운 것도 모르니 참, 아니 그 누런 점은 사발무닌데, 그걸 밝힐 여유도 없다. 대뜸 네가 떵해도 계집인 걸 내 깜박했구나, 그 아무리 시어머니라지만 말 꼬락서니라곤 참, 듣다보면 왈칵 열기가 치받쳐 얼굴까지 빨개진다. 벌써 몇 번을 대꾸질 하려다 꿀꺽했는지 모른다. 울분에 침도 바짝바짝 말랐지만 연희는 용케 지금껏 한 번도 엇서지 않았다. 그게 다 잠자리에서 쓸어주고 비벼주는 남편 때문이긴 하지만, 정말이지 남편만 아니라면 어디서 젠장, 벌써 친정인 함지골에 줄행랑친 지도 열 두 번이겠다. 가끔씩 동택의 말이 생각나는 것도 그 때문. 그러게 까치는 까치끼리 살아야지 까마귀와 섞이면 안 되는 거다. 그렇지만 기왕 내친걸음이니 참고 견딜 수밖에 없다.

더더욱 참기 힘든 것은 동네 조무래기들의 놀림이다. 이것들은 저들 곁을 지나가도 손가락질 해대며 들까부는데 이것 참 어떤 땐 이렇게 살아 뭐하나, 하는 생각도 들었다.

"떵해도 각시 온다."

"어디 어디메?"

첫 마디부터 재수 없다. 몰려와 지껄여대는 소리 또한 오장육부가 뒤집힌다.

"떵해도가 뭐야?"

"그것도 모르니? 떵 하니까 떵해도지, 히히." 다른 놈이 덧붙인다.

"왜 떵 해졌다니?

"머절아 한 대 주어 맞았으니까 떵, 해졌지. 맨날 정신이 오락가락한대."

"저렇게 고분 아지미가? 아지미 저 말 맞습까? 진짜 맞아서 머리가 떵 함까?"

이걸 콱 주어 박을 수도 없고, 채롱채롱 아주 맛갈나게 눈알까지 쫑쫑 굴리며 쳐다보는데 죽을 맛이 따로 없다.

입이 써 돌아서면 이것들이 뒤통수에 대고 발을 구르고 짝자그르 박수까지 친다.

"버버리다 버버리 응?"

"떠엉해도,"

"버버리."

"떠엉해도,"

"히히히…….'"

그것 참, 애들이 뭘 알아서 저러랴, 그게 다 어른들이 뒤에서 수군대는 소릴 듣고 따라하는 것일 뿐. 고개도 들지 못하고 도망치듯 빠져 나왔지만 논판의 허수아비 같은 존재감에 마음이 얼마나 허탈하고 공허한지. 이따위 놀림이나 받자고 수 천리 밖에서 아득바득 남편 따라왔던가? 어디가나 주위사람이 좋아야 편히 산다던 동택의 말이 무슨 가르침처럼 번뜩 떠오른다. 도시니 사랑이니 다 개나발이다. 도로 황해도의 두메 친정집에 도망갈 충동이 갈수록 팽이 돌듯 했다.

그래서 어느 날 학수에게 집에 가겠다는 말 슬쩍 비쳤다. 무슨 대답이 나오나 기다리며 침을 꼴깍 삼키는데 남편이 단박 붉으락푸르락 한다. 사실 그게 속으론 좋았다.

"그럼 뭐야 내까 안 살겠다는 게야?"

"아마도 그래야 할까봐유."

"왜 엄마 때문에? 밖에서 놀림 받는 것 때문에?"

"알고 있었시꺄?"

"알지, 내가 모르면 누가 알아 남편인데, 그런 거 때메 헤지자구? 정신 나갔구나 이리 오라우 이마 좀 짚어보게."

"왜유?"

"36.5도가 맞는가 볼라구."

"아 참 정상인데유?"

"내 마음도 모르면서 무슨 정상."

"알았어유 당신 봐서 안 갈게유."

"그래 다신 간다는 소리 뚝, 알지? 그런 말은 할 말이 아니란 말이야."

연희는 학수의 진정이 고마워 해시시 웃었다. 하지만 아직 이 정도 일은 약과다. 아주 처참한, 밖에 얼굴 들고 나갈 수 없을 치욕스런 일이 지금 연희를 향해 거침없이 다가오고 있었다.

3

그럭저럭 시집온 지 몇 달 잘 지났다. 어느 날 남편인 학수가 도시건설사업소노동자에서 조동되어 식료품공장원료동원사업소 작업반장으로 일약 승진했다. 물론 거기엔 식료공장에서 직장장을 하는 삼촌의 입김이 많이 작용한 거지만, 작업반장이라야 10여 명 정도 데리고 일해 그게 승진인지 모르지만 아무튼 지시하면 받아 무는 사람이 있으니 출세는 출세다.

그렇게 따지면 특수부대출신인 관계로 제대 후 고향에 내려온 것부터가 일종의 당당한 출세였다. 만약 그가 일반군부대출신이었다면 고향이 아닌 타곳 탄광이나 임산사업소 같은 지하일터나 깊은 오지에 노력수요에 따라 배치됐을 것이다.

일반부대복무 10년이 아닌 특전부대 13년이 주는 첫 번째 혜택이 바로 고향으로 귀가시켜 주는 것이었다. 그런 그가 제대 몇 달 안에 작업반장이 됐으니 탄광이나 광산에서 일하는 일반부대 제대병사에 비하면 완전 출세였다.

학수는 제대 때 백두산 줄기로 태어나지 못한 것이 얼마나 아쉬웠는지 모른다. 만약 그런 출신이었다면 지금쯤 김일성종합대학 같은 일류급 대학이나 당간부양성이 목적인 정치대학 아니면 김일성고급 당 학교에 가 있을 것을, 그러나 현 위치에 만족해야 했다. 꼭대기에 비하기보다 저보다 못한 아래에 비교해야 만족할 수 있는 법.

학수가 배치지인 원료동원사업소 1작업반에 내려와 보니 일하는 곳이 아주 궁벽한 오지다. 연희가 살던 황해도의 함지골보다 더 깊으면 깊었지 결코 짝지지 않는 곳이었다. 처음엔 황당해 몸 둘 바를 몰랐다. 그러나 연희가 하도 좋아해 나름 위안을 가질 수 있었다. 연희도 아마 눈 뜨면 마주봐야 하는 한 씨며 동네의 표독스런 눈길을 안 봐도 돼 좋아했던 것 같다.

식료공장원료동원사업소면 너른 벌을 차지한 협동농장과 달리 국가농경지가 아닌 산림으로 등록된 산속 공지를 일궈 만든 밭을 이용해 식료공장에서 만드는 과자나 된장원료인 낟알을 생산하는 곳이다. 심고 가꾸는 곡식도 콩이나 감자가 위주다. 순식간에 밭과 씨름하는 농민이 된 셈이지만 어쩔 수 없었다. 오지라면 연희에겐 아주 익숙한 곳이기도 했다.

먼저 들어온 나이 든 주인 집 헛간을 수리해 둘은 단출한 살림을 꾸렸다. 단칸방흙집이지만 실어온 생석회와 모래, 진흙을 일정한 비율로 섞어 벽을 두껍게 바르고 벽지를 발랐다. 바닥도 온돌을 놓고 장작불을 때니 뜨끈뜨끈해 추위에 오그라진 등이 아주 후더분한 떡판이 된다. 정월이어서 아직은 밭에 나갈 일이 없어 아궁이에 넣을 땔나무나 하고 작업반 창고에 있는 콩을 솎아내어 두부도 만들어 술 잔 받쳐 배터지게 먹으니 만사가 장땡이다. 학수가 작업반장이니 그깟 콩 몇 킬로 솎아낸다고 큰일 날 것도 아니었다. 작업반원들과 나눠먹으면 그만이다.

연희도 누구 눈치 볼 일도 없는 단칸방에서 신랑과 아기자기하게 지내는 것이 너무 좋았다. 정말이지 살 것 같다. 아침에 눈 뜨면 벌써 미닫이를 밀고 쏘아보는 시어머니의 표독스런 눈과 마주치지 않는 것만도 이 산속이 천국 같았다. 사람이 그리운 고장이어서 시내와 달리 남의 입 밥에 오르는 일도 여기선 찾아볼 수 없다. 언제 걸렸는지 뱃속아기도 쑥쑥 자란다.

3월이 되자 그러잖아도 하마입인 학수 입이 때 없이 벌쭉거린다. 연희 뱃속 아기가 계집앤지 머슴앤지 몰라도 곧 아버지가 된다는 자부심만으로도 마냥 기쁜 모양이다.

연희는 은근히 걱정스러웠다. 불쑥 산달이 와 출산한다면 병원도 없는 이 깊은 산속에서 무슨 일이 생길지도 모른다는 위구심 때문이었다. 근데 주인집 할머니가 별안할 걱정을, 엉덩이가 풍덩한 걸 보니 무 뽑듯 애기 낳겠구만은 하며 흐흐흐 웃자 안심은 됐다. 친정엄마도 날 낳을 때 동네 노파의 손에 순산했다는 소릴 맨날 듣고 살았으니까. 엄마도 엉덩이가 풍덩했다.

그런데 일이 터졌다. 주인집 할멈의 손에서 순조롭게 아들을 낳았는데, 그것도 3월 보름달이 환히 비추는 아주 근사한 밤에…….

이른 아침 집주인 조칠구는 급히 고개 넘어 2작업반에 갔다. 2반에 내려온 포수가 간밤에 멧돼지를 잡았다는 말을 들어서였다. 조칠구는 사정애기를 하고 멧돼지 발족 네 개를 싸들고 곧장 돌아와 학수 집 출입문을 열고 머리를 디밀었다.

그런데 집안 분위기가 썰렁하다. 조칠구가 출산한 산모에게 좋다 해서 돼지발족을 구해왔다며 꾸러미를 내놓자 학수가 구석에 눕힌 아기 곁에 누워 있는 연희에게 꽥, 소리 지른다.

"봐라 얼마나 좋은 사람들인가? 넌 부끄럽지도 않아?"

이게 무슨? 여자는 한마디 대꾸도 못하고 흑흑 어깨를 떤다. 우는가? 산모가?

"아니 반장, 갓 해산한 산모에게 그게 무슨 막 짓이요?"

학수가 그때서야 뒤통수를 긁으며 고개를 돌린다.

"아 저, 그럴만한 일이 있어서."

"무슨 일? 무슨 죽을죄를 졌소?"

"후에 말하겠습니다. 미안합니다. 내 얼결에 그만……."

"그랑 마시오. 아무리 그래도 그렇지 무슨 막된 짓을. 어서 이거나 손질해 푹 고아 먹이우. 그래야 젖이 쉽게 돌아선다는데……."

조칠구는 괜히 기분이 나빠 쾅, 하고 문을 닫았다. 이런 되지못한 짓거릴 보자고 새벽부터 고개 너머로 줄달음쳤나 고얀 놈, 아니 지금 젊은 것들은 도대체 여자 귀한 줄 몰라. 이런 산속까지 따라온 미녀 처를 감지덕지 안아주지 못할망정 무슨 개놈의 짓을…….

"이제 왔수?"

마누라가 반기는 소리도 조칠구는 듣지 못했다.

"너무 닦달 마우, 그럴 일이 있수."

한 지붕 아래라 마누라도 들을 건 다 들은 모양이다. 하긴 어머니와 같이 해산 방조도 했으니.

"무슨 일? 당신도 나 따라 이 산속에 들어온 걸 후회하는가? 어디 바른대로 말해 보라우."

"아니 지금 자다 봉창 두드리우? 같이 산 지가 몇 핸데 그따위 말 같잖은 소릴."

"아니지?"

"아, 됐소. 말도 말 같아야 답하지."

"아님 됐소. 근데 쟤들 왜 저래?"

마누라가 다가와 학수가 하는 말 다 들었다며 소리를 낮춰 미주알고주알 한다. 조칠구가 듣다 말고 깜짝 놀라 꽥 소리친다.

"뭐야? 그럼 첫 애부터 남의 아일 낳았어?"

"아, 좀 조용하우. 들겠소."

"이런 젠장."

조칠구는 마치 마누라가 남의 아일 낳은 것처럼 사납게 쏘아본다.

"뭐 그러려니 하지 멍청한 떵해도 계집이라더니 그나저나 배고프겠소. 아침 먹읍시다."

마누라가 덜러덩 솥뚜껑을 연다. 구수한 된장국 냄새가 물씬 풍겼지만 조칠구는 멀뚱멀뚱 마누라만 쳐다보다 어허허 참, 하며 천장에 대고 개탄한다.

이틀이 지나서야 시내에서 한 씨가 올라왔다. 무슨 소식을 알고 온 것인지 오자마자 집안소리가 높다. 그러곤 장시간 침묵, 혼자 떠들기도 뭣한가? 아님 어떤 결정을 내렸는가.

조칠구도 어제 학수를 만나 대충 이야기를 들은 상태라 한씨의 행동에 무척 주의가 갔다. 온갖 모욕 끝에 무슨 사달이 날지도 모르는 일이다. 보잘것 없는 벌레도 밟으면 꿈틀한다지 않은가? 아무래도 나이 먹은 주인집양반이 직접 나서야 할 것 같다. 마누라를 시켜 점심상을 차린 조칠구는 한씨와 마주앉았다. 식사가 끝나자 직방 물었다

"집안에 무슨 불미스러운 일이 생겼습니까?"

조칠구의 말이 떨어지기 무섭게 한씨가 기다렸다는 듯이 발랑 콩 껍질을 깐다.

"아니 글쎄 저 정신 빠진 년이 첫아이부터 남의 앨 낳았지 뭐요. 에그 참."

"그러게요."

조칠구의 대답 또한 가관이다. 아마 얼결인 듯

"어, 주인양반도 알고 있었수?"

"아, 네 한 지붕 아랜데 제가 모르면 됩니까? 근데 요거는 좀……."

"뭐 말이우?"

"아이가 남의 새낀지 제 새낀지 낳자마자 어찌 아는가, 해서?"

"뭐요? 그거야? 그럼 주인양반도 내 아들을 같은 떵해도로 보우?"

"아니 그건 또 무슨?"

"제 여편네가 여덟달 만에 해산했는데 그걸 모름 떵해도지, 안 그렇소?"

"내 듣기엔 팔삭둥이도 있다하던데?"

"거 정, 진짜 팔삭둥이 같은 소릴, 에이 됐수다. 내 이집 가물댁 차린 점심 잘 먹고 가우다."

한 씨가 풀떡대며 나가자 조칠구는 '거 성질 참' 하면서도 뒤따라 엉덩이를 떼지 못한다. 오후에 조칠구는 학수를 다시 만났다.

"뭐라? 첫날밤에 그냥 잤다?"

"예 술에 취해서 그만."

"반장은 그 술이 문제야 그래서?"

"그게 좀……."

"나만 알고 있을 테니 말해보라니, 여덟 달만에 애 낳는 경우도 있다는데."

"여덟 달이 안 찼으니 하는 소리 아닙니까, 그리구 내가 머저리요?"

학수가 격해서 내쏜다.

"뭐, 뭐라구? 그러문 그게 날짜 계산이 애당초 안 맞는다 그 소린가?"

"모르면 가만 계십시오. 젠장, 썩을 년 같으니, 내 이래 뵈도 아래 위 다 멀쩡하단 말입니다. 감히 누굴 속이려고."

"뭐 짐작 가는 거라도 있는가?"

"있지요. 그 새끼 틀림없어, 늘쌍 눈깔 게슴츠레 해가지고."

"무슨 소린데?"

"그런 놈 있었습니다. 예감이긴 하지만."

"조심 하라우. 이런 문젠 좀 민감한 거잖소. 그리구 집 안일이구."

그날 밤 학수는 장밤 연희를 재우지 않고 따졌다. 한 씨는 고개를 숙이고 울기만 하는 연희 앞에 퍼더버리고 앉아 이마빡에 구멍 뚫리도록 쏘아보다가 공장으로 돌아가는 새벽 자동차편에 홀쩍 가버렸다. 어쩌다 아들집에 왔다 하룻밤 묵지도 않고 떠나가는 시어머니를 보며 연희는 배웅도 못하고 펑펑 눈물만 쏟았다. 그저 이대로 폭 꼬꾸라져 죽고만 싶다. 어머니가 떠나자 남편이 또 악에 받쳐 날뛴다. 평소와 달리 말투까지 아예 쌍말로 덤빈다.

"야, 네 가달투새(가랑이라는 함북방언) 상대가 누구야? 진짜 말 안 하겠어 엉?"

이럴 땐 이 사람이 지금껏 배를 맞대고 산 남편이 맞는

가는 의심까지 든다.

"듣기 거북해유, 이 가달투새 상대야 당신 말고 누가 또 있어유."

"뭐? 나 말고 없어? 그럼 저 애새끼는? 저게 누기 종자야 바른대로 말 못해?"

"그걸 당신이 모른다면 나두, 나두 몰라유."

"몰라? 네가 싸놓고도 몰라?"

철썩, 두 뺨이 화끈해진다. 번뜩, 주먹이 날고 확, 눈찌가 뛰자 연희는 악, 하고 비명을 지른다. 그래도 학수는 분이 풀리지 않는 듯

"개 쌍년, 말 하지 않아도 내 다 안다. 그 개새끼지? 그래서 너 번뜩하면 집에 간다구 나발통 불었지? 그 개새끼가 그렇게도 보고 싶었어? 가라우 더 이상 너 같은 것과 살순 없어."

학수는 펄펄 뛰었지만 쓰러진 연희는 웅웅대는 귓속 모기소리 외에 다른 아무것도 듣지 못했다. 두 다리를 쭉 뻗으며 멀어져가는 의식을 붙잡으려 아등바등 애쓰지도 않았다.

4

　세월이 참 유수다. 언제 이렇게…… 벌써 18년이 흘렀
다. 아직 푸른 기운을 잃지 않은 초가을 어느 날 학수가
사는 산속마을에 웬 청년이 나타났다. 아주 잘 생긴 훤칠
한 키꼴의 사내다. 작업반장실에 찾아들어온 미남은 늙
은 경리아주머니에게 반장을 찾아왔다며 깍듯이 인사한
다. 아주머니는 대답 대신 유심히 청년만 들여다본다.
　"저, 제 얼굴에 뭐가 묻었습니까?"
　사근사근한 말씨, 어찌나 부드러운지 막되게 자란 청
년이 아니라는 느낌이 확 든다.
　"아니 그게 아니구, 하도 비슷해서……."
　"예? 비슷하다구요? 그게 무슨?"
　"헤헤헤, 아니요, 그럴 리가. 예전에 청년처럼 사내는 아
니지만 그런 사람이 이 마을에 살았수. 마을이라 할 것도
없는 이 침침한 산골에 핀 한 떨기 채송화였지, 그래 정말
고왔어."
　"그게 누굽니까?"
　"누구라면 제가 알겠수? 좀 기다리면 반장이 들어올게

요. 참 그런 채송화가 이런 골짜기에 따라 들어온 것만도 감지덕지할 일이건만…… 그럼 난."

아주머니가 힐끔힐끔 청년의 안색을 살피며 밖으로 나간다. 청년도 빈방에서 기다리는 것이 무료했던지 조금 후 밖에 나온다. 어디라 없이 높 낮은 산발들로 사방이 둘러막힌 심심산골, 파란 하늘이며 짙푸른 숲, 지저귀는 새들의 우짖음, 골마다 떨어지는 물소리가 유정했다. 하지만 청년은 답답한지 자꾸만 손으로 가슴을 쓸어내린다. 다시 사무실에 들어와 학수를 만나자 청년의 숨소리가 거칠어졌다. 거칠다기보다 괴롭고 긴장된 숨소리 같았다. 대체 두 사람은 어떤 사이인지

"누구요?"

학수의 당황스런 물음이다. 물으면서도 두 눈을 크게 뜬다. 이 청년이 누군지 분명 아는 눈치다. 처음 보지만 아니 학수에겐 오랜 구면의 얼굴 같다.

"제가 누군지 모르시겠습니까?"

"으……."

학수가 대답 대신 괴로운 숨소리를 낸다.

"제가 온 것이 반갑지 않습니까?"

"그, 글쎄."

학수가 창 앞으로 돌아선다. 그리고는 무겁게 말을 뱉는다.

"내가 널 물건짝 버리듯 했는데…… 어찌 반갑다고 말할 수 있겠느냐."

청년의 눈에 굵은 눈물이 맺힌다. 학수의 눈도 축축해졌다.

"저, 아버지라 불러도 됩니까?"

한동안 침묵이 흘렀다. 학수가 한 발 다가선다.

"내가 널 버렸다고 하지 않느냐. 그래도 아버지라 부르고 싶으냐?"

"네, 불러보고 싶었습니다. 단 한 번만이라도……."

"아……."

학수가 문을 차고 천방지축 뛰쳐나간다. 돌돌돌 규칙적인 소리를 내며 흐르는 개울가에 천년 거목처럼 버티고 선 노송을 붙안고 학수는 마침내 꺽꺽 소리 내어 울었다. 굵은 노송을 휘감은 소나무넝쿨을 잡은 그의 손이 부들부들 떨렸다.

"아버지!"

아들이 부르는 목멘 소리가 먼 하늘 끝의 메아리처럼 아득하게 들렸다.

"제가 며칠 있으면 군대 갑니다. 지금껏 한 번도 불러보지 못한 아버지란 말 불러보고 떠나게 해주어 정말 고맙습니다."

학수는 눈물을 닦았다. 소나무 원대를 휘감고 올라간 굵은 넝쿨을 쓸며 웅얼웅얼 물었다.

"애야, 넌 이 넝쿨이 무얼 먹고 자라는지 알고 있느냐?"

"네? 아, 그 소나무넝쿨 말입니까? 그건 송담인데, 당뇨나 원기 회복에 좋은 귀한 약재라고……."

"안다. 이 송담이 무얼 먹고 자라느냐 그걸 물었다."

"저, 소나무의 진을 빨아먹고 자란다고 들었습니다. 제거해 주지 않으면 나무는 죽는다고."

"맞다. 잘 아는구나. 그런데도 이 노송은 진을 빠는 넝쿨을 자식처럼 몸에 살뜰히 감아 잘 키워주는데 난, 난 지금껏 너의 이름도 모르는구나."

"아버지 제 이름은 송담입니다."

"송담?"

"네, 어머니가 그렇게 지었습니다. 아버지를 따라 차별 없는 새 보금자리를 튼 이 산 계곡에 송담이 참 많았다고 하면서…… 어머닌 지금까지 단 한시도 이 산속을 잊지 않으셨습니다."

"그, 그게 정말이냐?"

"예, 오랜 지병으로 돌아가시면서 저를 보고 꼭 한 번 아버질 찾아가 보라 하셨습니다. 혹 받아주지 않더라도 자식은 아버질 절대 잊으면 안 된다며 흐흑……."

"아……."

뇌가 뇌성을 불러온다. 그런 사람을, 그런 사랑을, 그런 내 집을, 대체 무엇을 바라고 지금껏 살아왔던지 한순간의 실수가 평생을 두고 보상해야 할 범죄는 아니건만, 아 내가, 내가…… 하늘이 빙글빙글 돌았다. 땅도 냇가도 웅장하게 솟은 노송도…….

학수가 와락 노송을 부둥켜안는다. 노송이 마치 아내인 듯…….

바람이 불었다. 오열하는 학수의 구부정한 등에 노송이 떨어뜨린 솔잎이 하나 둘 마치 덧옷처럼 사뿐히 내려앉았다.

황해도라는 지역,
황해도의 사람,
이로써 황해도의 삶

이가은

『해주 인력시장-북한 작가들의 지역 이야기 소설집』은 서울대학교 한국어문학연구소에서 주관하는 '지역학적 북한문학 연구' 프로젝트의 일환으로 묶어낸 탈북작가 공동소설집이다. 이전에 출간한 『원산에서 철원까지』와 『신의주에서 개성까지』가 각각 경원선과 경의선 철도를 중심 소재로 다룬 소설들을 묶은 연속 기획이었다면, 이 번 소설집은 북한의 각 지역을 보다 면밀히 들여다보는 기획의 첫 순서로 황해도를 선택한 것이다.

황해도는 북한 최남단의 행정구역으로, 경기도와 강원

해설
149

도에 접경하고 있다. 남한에서 가장 가까운 북한 지역임에도 불구하고, 우리에게는 그리 익숙한 지역이 아니다. 우리에게는 평양이 속한 평안도나 함흥이 속한 함경도가 더 귀에 익은 탓이다. 그러나 황해도를 잊는다는 것은 한반도 역사와 문화의 큰 고리를 잃는 것이다. 단군이 도읍했다는 '구월산'부터 고려의 대표 무역항 '벽란도', 우리의 주요 문학가 이미륵, 강경애 등과 민족 운동가 안중근, 김구의 출생지까지, 한반도 역사와 문화의 굵직굵직한 지점들이 황해도에 있기 때문이다.

그런데 황해도의 과거는 역사와 문화에 대한 공부를 통해 알 수 있는데, 황해도의 현재는 어떻게 들여다보아야 할까? 우리와 몸을 맞대고 있는 이웃인 황해도는 통일 한국이 도래했을 때 우리가 가장 먼저 발을 내디딜 수 있는 땅일 것이다. 그때 서로 맞잡은 손이, 맞닿은 눈이 서먹하지 않도록 지금 먼저 이야기를 들어 보고 싶다. 뉴스 기사 속에서도, 역사책 속에서도 발견할 수 없는 생동하는 삶의 이야기를.

이 소설집에서 묶은 네 편의 소설은 김주성, 설송아, 도명학, 이지명 네 명의 탈북 작가들이 황해도에 대해 보고 듣고 경험한 삶의 이야기들이다. 그들의 이야기는 서로 비슷하게 겹쳐지면서도 서로 다르게 읽힌다. 황해도라는 지역에 대해, 황해도의 사람들에 대해, 이로써 나아가 황해도의 삶에 대해 이야기하는 그들의 소설 속으로 안겨 들어가 보자.

조개를 둘러싼 두 개의 전쟁

소설집의 첫 두 작품인 김주성의 「조개 전쟁」과 설송아의 「해주 인력시장」은 둘 다 일종의 '조개 전쟁'을 그리고 있다. 이는 '조개를 둘러싼 전쟁'이면서 동시에 '조개와의 전쟁'이기도 하다. 황해도의 명물 조개의 향을 물씬 느끼며, 두 작품에서 이야기하는 조개란 어떤 것인지 들여다 보자.

먼저, 김주성의 「조개 전쟁」은 외화벌이 열풍 속에서 조개 양식으로 한몫 잡아 보려던 주인공이 믿었던 이들에게 배신당하고 결국 탈북하게 되는 이야기를 그리고 있다. 이 소설은 특히 '고난의 행군' 이후 북한 사람들의 경제적 삶의 변화를 황해남도 지역의 지리와 물산에 대한 섬세한 설명과 함께 엮어 낸다. '고난의 행군'은 1990년대 중후반 북한의 대규모 경제위기로 인한 극심한 식량난을 가리킨다. 이로 인해 배급제를 기반으로 한 국가 주도의 경제 체제가 흔들리고, 암묵적인 시장화로 국민 개개인이 각자도생하기 시작했다. "주체 시대가 아닌 외화 시대"가 도래한 것이다. 이 소설의 주인공 부부는 이러한 시대적 변화에 비교적 잘 적응하여, "원산에 가서 일본산 중고자전거도 가져오고. 외화벌이 회사에 친구가 있어서 조개랑 꽃게 같은 것도 위탁받아서 주기도 하"며 나름대로 괜찮게 살아가는 인물들이다. 그러던 중, 이웃의 영재 아버지에게서 황해남도 연안군 염전사업소 저류지에서 조개 양식을 하면 떼돈을 벌 수 있을 거라는 정보를 들은 주인공은 벼락부자의 꿈을 품고 연안으로 향한다.

이 소설은 주 배경인 연안군을 비롯하여 황해남도 지역의 지리, 사회, 경제적 요소들을 주목하여 그린다. 황해남도는 서쪽으로는 서해안과 맞닿아 있어 조개, 소라, 게를 비롯한 해산물의 주요 산지이면서, 남쪽으로는 남한과 맞닿아 있는, 남한과 가장 가까운 북한 지역이다. 특히 이 소설의 주 배경인 연안군은 "6·25 전에는 남쪽 땅"
이었던 곳으로, "억양이 남한과 다를 바 없"는 곳이다. 그
리고 남한 땅 '교동도'의 불빛이 건너다보일 만치 가까운
곳이기도 하다. 연안군에 있는 주인공에게 교동도로 대
표되는 남한 땅은 불빛이 밝은 곳으로 실체화된다. 이는
전력 부족으로 정전이 일상화된 북한의 상황과 대비되어
그려진다. 그곳에서 주인공은 교동도의 불빛을 정겹게
때로는 고맙게 느낀다.

　조개 양식으로 떼돈을 벌려는 주인공의 계획은 착실히
진행되는 것처럼 보였지만 결국 실패하며, 애초부터 잘못
되고 있었음이 드러난다. 그 상황이 전개되기 직전 주인
공과 효순의 대화는 주인공의 미래를 암시하면서 소설의
주제를 드러낸다.

　"지도원 동지, 교동도는 매일 밝지요?"
　(……)
　"저도 밝은 곳에 가서 살고 싶어요. 캄캄하고 재미도
　없는 이런 곳에서 살기 싫어요."
　갑자기 효순이의 말투가 심란해진다. 뭔가 불만을 품

은 듯도 하고 억울함을 호소하는 것 같기도 하고.

"지도원 동지, 난 조개를 볼 때마다 나랑 똑같다는 생각이 들어요."

"허허 참, 너도 참 엉뚱하구나. 그게 무슨 소리냐?"

"답답해요. 조개처럼 껍질 속에서만 살아야 하고. 그래도 우리가 뿌린 이 조개들은 행복한 셈이죠."

"왜? 난 네가 더 행복하다고 생각하는데?"

"얘네들은 중국에 갈수 있잖아요!!"

단단한 껍질 속에 갇혀 있는 조개에 자기 자신을 비유하는 효순의 말을 주인공은 웃어 넘기지만, 결말부에 이르러서 주인공 또한 효순이의 말을 되새기게 된다. 효순의 삶이 껍질에 싸인 조개였던 것처럼 주인공도, 나아가 "그곳에 사는 사람들 자체가 딱딱한 껍데기를 쓰고 살아야 하는 조개와도 같은 존재가 아니었을까" 하고 생각하게 된 것이다. 그러므로 김주성의「조개 전쟁」은 어떻게 조개를 깨트리고 나올 것인가에 대한 전쟁인 셈이다. 알을 깨트리고 나오는 새에게 알이 하나의 세계인 것처럼, 그는 조개라는 혹은 북한이라는 하나의 세계를 깨트리고 나오는 것처럼 묘사한다. 북한을 떠나온 작가의 시선에서 북한이라는 세계는 어두운 조개 속이며, 그곳을 빠져나오는 것에서부터 그 외부의 세계, "자유롭고 불밝은" 세계가 시작되는 것으로 본 것이다.

또 다른 '조개 전쟁'을 그리고 있는 설송아의 「해주 인력시장」은 황해남도 해주를 배경으로 조개를 캐는 일당 노동자들의 풍경을 묘사한다. 주인공 진옥은 동림감옥에 수감되었을 때 자신을 도와 주었던 은경을 찾기 위해 그녀가 일하러 떠났다는 '해주 인력시장'으로 향한다. 그곳에서는 젊은 청년부터 나이 든 아낙네에 이르기까지 수많은 사람들이 모여 종일 조개를 캐고, 해가 지면 그 바다를 독점하고 있는 무역회사 관리자에게서 저울을 떠 일당을 받는다. 1990년대 후반부터 수출입허가권인 와크를 가진 무역회사들이 서해바다를 구획하여 독점하고 그곳의 조개를 전부 중국에 수출하고 있는 것이다. 소수의 특권층인 무역회사, 그 밑에서 해산물 양식 권한을 받은 수백여 개의 기지들, 그리고 그 기지들에 고용된 일당 노동자들까지, 피라미드화된 그 구조는 낯설지 않다. 이

들에게 조개의 양은 곧바로 노동량이자 자본으로 치환
되는 것이다. 그 옛날 조개가 화폐로도 쓰였다는 점을 연
상하게 한다.

그러나 진옥은 이곳에 일하러 온 것이 아니라 사람을
찾으러 온 것이다. 사실 진옥은 철도기지장이며, 동림감
옥 시절 자신의 은인이었던 은경을 채용하여 보답하기
위해 해주를 찾은 것이다. 진옥은 은경을 찾으러 가는 길
에 청년을 도와주기도 하고 해주 여인에게 도움을 받기
도 한다. 그리고 마침내 발견한 은경은 그곳의 기지장이
자 진옥을 동림감옥에 넣었던 전남편 밑에서 식모로 일
하고 있었다. 은경은 장애인이라는 이유로 반값 월급을
받으며, 그리고 아마도 '정'의 탈을 쓴 권력에 의해 성적
으로도 착취당하고 있었던 듯하다. 진옥은 은경을, 그리
고 해주에서 서로 도움을 주고받았던 청년과 해주 여인
도 철도기지 직원으로 채용하기로 하고 함께 돌아간다.

자본가들에 의해 착취당하는 노동자들의 단결은 이미
1920~30년대 카프(KAPF)의 프롤레타리아 문학에서 많
이 그려져 왔다. 카프 문학에서 자본주의의 문제 상황에
대한 해결은 노동자들의 단결을 통한 계급 투쟁이며, 이

로써 사회주의에 대한 긍정적 전망을 그리는 것이 카프 문학의 이상이었다. 해방 이후 송영, 이기영, 한설야 등 카프 출신 문인들이 당의 지도 하에 북한의 조선문학예술총동맹을 이끌었으며, 지금에 이르기까지 사회주의 리얼리즘에 기반하여 소위 사회주의의 긍정적 전망이 달성된 사회에 대한 예찬이 북한 문학의 주요 기조가 되어 온 것이다. 그러므로 그 배경 위에서 다시금 '연대'가 말해지는 것 「해주 인력시장」의 마지막 장면은 카프 문학에서의 노동자 연대와는 그 의미와 결이 사뭇 다를 것이다.

"돈 버는 방법보다 사람 버는 방법부터 배워요."

밖에서 진옥이와 해주여인, 그리고 총각이 기다리고 있었다. 그들 앞으로 걸어간 은경은 손가방과 캐리어를 내려놓더니 갑자기 방향을 돌려 어디론가 뛰어갔다. 바지락조개가 쌓여있는 곳이었다. 조개무지 한쪽에는 내일 당장 상선할 조개포장 마대들이 쌓여 있었다. 거기서 은경은 멈춰 섰다.

"이거라도 가져가야지."

그는 조개마대 한 개를 어깨에 메더니 씨엉씨엉 앞장

서 걸어가기 시작했다. 그 뒤로 일행이 따랐다. 해주여
인도 총각도 진옥이 운영하는 철도기지 직원으로 채용
된 것이다.

진옥은 별빛이 흐르는 바닷가에 이르러 걸음을 멈추
었다. 밀물이 들어온다. 무연했던 갯벌에 바닷물이 출렁
이자 크고 작은 배 조명이 서해바다 밤 풍경을 장식하고
있다. 그 속에 출항을 알리는 배 고동소리가 밤바다에
울린다.

"해주 밤바다 아름답네."

진옥은 황금빛 배 조명이 어둠을 가르는 바다를 응시
하며 조용히 말했다.

"그래, 밤바다에서는 조개 불고기지."

은경이 화끈하게 답했다. 그녀는 메고 온 조개를 볏가
마니 위에 좌르륵 쏟았다. 눈치 빠른 총각이 주유소에
뛰어가 휘발유를 사가지고 잽싸게 달려왔다. 그리고는
조개무지 둘레로 휘발유를 뿌린다. 이내 라이터가 켜졌
다. 불길이 삽시에 조개 사이사이로 솟아오르며 밤바다
를 밝혔다. 불길 아래서 조개가 익어갔다.

무역회사 기지에서 나온 네 사람은 아름다운 해주 밤
바다를 바라보며 조개 불고기를 해 먹는다. 이 조개 불고
기는 펼친 볏짚 위에 조개를 촘촘히 세우고 휘발유를 골
고루 뿌린 뒤 불을 붙여 구워 먹는 요리로, 드라마 「사랑
의 불시착」이나 예능 「잘 살아보세」, 「모란봉클럽」 등에
서도 다루어진 북한의 대표적인 음식 중 하나다. 조개 불
고기 위에서 연결되는 그들의 연대란 자본가에 대항하는
노동자들의 계급적 연대가 아니며, 인간적 정과 사랑을
잊지 않는 휴머니즘의 연대이다.
　　설송아의 「해주 인력시장」은 조개로 대표되는 자본주
의의 그물망을 어떻게 타파할 것인가 하는 전쟁에 대한
유머러스하고 따뜻한 해결책을 보여 준다. 북한의 부자
유한 사회 구조라는 단단한 조개 껍데기를 깨고 나오더
라도, 그곳은 또 다른 조개 속일지 모른다. 자본주의의
대안이 사회주의일 수 없었던 것만큼, 사회주의의 대안
이 자본주의일 수만은 없다. 자본주의 속에서 인간이 물
질화되고 도구화되는 문제적 현상들을 우리는 이미 오래
보아 왔다. 이는 북한이든 남한이든 크게 다르지 않은,
우리 모두가 맞닥뜨린 상황이다. 이것을 진옥과 은경, 그

리고 두 명의 동행자는 "돈 버는 방법보다 사람 버는 방법부터" 배우는 따스한 연대의 방식으로 이겨 나가려 한다. 하루 일당으로 치환되고 끊임없이 가치절하되던 조개는 마지막 장면에 이르러 그들을 연결시켜주는 따스한 조개 불고기가 되는 것이다.

황해도 안과 밖의 교차하는 시선

도명학의 「황해도 데미지」는 골동품을 구하기 위해 황해도를 찾은 '나'(명도), 진수, 형철이 우연히 좋은 골동품을 찾았다가 또 우연히 잃고 마는 해프닝을 그리고 있다. 이 소설은 북한의 골동품 밀거래라는 사회 현상을 다루며, 이와 연관된 지역들을 주인공들의 발로 옮겨다니게 하는 여로형 구조로 되어 있다. 그 속에서 각 지역들의 분위기와 물산 등이 실감나게 다루어지고 있어 재미있다.

북한에서 골동품 밀거래가 이루어지기 시작한 것은 1980년대 중반부터이지만, 이것이 널리 퍼지기 시작한 것은 1990년대 중후반 고난의 행군 시기를 거치면서였다.

앞서 보았듯 북한의 인민들은 극한의 경제 위기, 식량난 속에서 생계를 유지하기 위해 외화벌이 장사에 뛰어들어야 했다. 중국을 상대로 한 장사 품목에는 앞서 두 소설에서 본 조개도 있고, 이 소설이 다룬 골동품도 있었다. 골동품 거간꾼들은 북한의 사람들에게서 골동품들을 헐값에 사들여 되팔기도 하고, 심지어는 문화재를 도굴·도난하여 팔아넘기기도 했다. 골동품 밀거래는 주로 양강도 혜산, 평안북도 신의주, 함경북도 무산과 같은 북중 국경지대에서 이루어지며, 거래된 골동품은 중국을 거쳐 한국으로 들어오기도 한다고 한다.

이 소설의 주인공도 북중 국경지대인 혜산 출신의 골동품 거래상으로, 골동품을 구하기 위해 황해도로 내려와 해주에서 벽성군, 태탄군, 옹진군, 다시 해주를 거쳐 혜산으로 돌아간다. 이 여정을 통해 주인공은 황해도 지역의 사람들의 삶과 습성 같은 것을 관찰하게 된다. 북한의 북동쪽에 위치한 양강도와 남서쪽에 위치한 황해도는 지리적으로 또 심정적으로 양극단의 거리를 느끼게끔 한다. 주인공 또한 자신이 속해 있는 공동체를 기반으로 익히 가져 왔던 편견의 시선으로 황해도 사람들을 바라본다.

    돈 대신 계란을 차 태워주는 값으로 내려는 것인데 황
해도에서 처음 보는 모습이었다. 농촌에는 현금이 없고
쌀, 강냉이, 콩이나 계란 같은 것이 곧 돈이었다. 거기다
황해도 농촌사람들은 함경도나 평안도 농촌사람들에
비해 훨씬 더 순박한 것 같았다. "뗑해도"니 "물렁도"니
하고 황해도사람을 비하하는 별명이 이래서 생긴 거구
나 하는 생각이 들었다.

    주인공은 해주에서 옹진군까지 향하며 황해도 농촌
사람들의 삶을 목격하면서 자신의 일종의 편견을 무비판
적으로 재확인한다. 주인공의 눈에 황해도 사람들은 순
박하고 '뗑'하고 '물렁'해 보인다. 형철에게 속아 진품 고
려청자주병과 진사청화백자를 거저 주다시피 한 벽성군
노파의 모습도 순박한 황해도 사람의 전형을 빼닮은 것
같다.

    어느 나라 어느 지역에나 그런 것이 없겠냐마는, 북한
에도 각 지역을 칭하는 별명 같은 것이 있다고 한다. 함

경북도는 '찔악'('악질'을 뒤집은 것으로, 드세고 질기다는 뜻), 함경남도는 '얄개'(얄밉고 드셈), 평안북도는 '북데기'(떼를 지어 몰려 다님), 평안남도는 '노랭이'(깍쟁이), 자강도는 '줄당콩'(남을 잘 걸고 넘어짐), 양강도는 '감자'(마음이 둥글둥글함)라고 부른다는 식이다. 황해도는 '물렁이'나 '뗑해도'라고 불리는데, 이는 황해도에 심성이 순하고 행동이 느린 사람들이 많다고 인식되었기 때문이라고 한다. 그런데 이러한 별명들이 단지 재미있는 이야깃거리에 그치는 것이 아니라, 실제 차별의 요인이 된다면 큰 문제다. 특히 황해도의 별명이 차별과 비하의 뜻으로 널리 사용된 것에는 '속도전'이라는 북한의 사회주의 건설 방식과도 연관될 것이다. 북한은 사회, 경제, 문화 모든 면에서 역량을 총동원하여 빠른 시일 내에 달성하는 속도전을 주 원칙으로 삼아 왔다. 그런데 속도전을 위해서는 느린 성품이란 '물렁'하고 '뗑'한 것으로 여겨져 배척되어야 했을 것이고, 그것이 느린 성품을 가졌다고 인식되어 온 황해도에 대한 차별과 비하의 시선이 형성된 이유였을 것 같다.

그러나 시선은 쌍방향이다. 내가 너를 바라볼 때 너 또한 내 눈을 바라보고 있다. 소설 내내 주인공 일행들은 황해도 지역과 그 사람들을 향해, 그리고 그들이 들고 있는 골동품을 향해 끊임없이 관찰의 시선을 보낸다. 그들은 골동품을 평가하며, 그 시선으로 사람과 지역을 평가한다. 반대편의 시선은 1인칭 서술자에게 쉬이 포착되지 않다가, 소설의 말미에 이르러 주인공 일행을 급습한 안전원(경찰)의 말을 통해 드러난다. 그는 주인공 일행이 혜산에서 왔다는 것을 알고 왔으며, 그들을 마구잡이로 때리며 욕한다.

발을 놓아주지 않자 손이 꽁무니에 닿았다. 권총을 꺼내려는 거였다. 순순히 맞아줄 수밖에 없는 대목이었다. 발을 놓아주자 주먹질 발길질을 마구 해댔다. <u>너희 북쪽 새끼들 황해도사람 얕잡아보지? 물렁도라 글지? 뗑해도라 글지? 황해도사람 뒷심 세다는 거 알아? 몰라?</u> 하며 북쪽사람에게 당한 상처가 있는지 당치 않은 욕을 해댔다.

주인공은 안전원의 욕이 "당치 않은 욕"이라 일축해 버리지만 정말 그러한가? 앞서 주인공은 황해도 사람들을

'뗑'하고 '물렁'한 사람으로 평가하며 바라본 적이 있으니 말이다. 어쩌면 안전원은 그러한 주인공의 시선을 꿰뚫어 보고 있는지도 모른다. 또는 안전원 자신 또한 북쪽 지방 사람들을 바라보는 또 다른 편견의 시선을 가지고 있는지도 모르고. 결국 이 소설을 통틀어 거래가 아닌 소통은 거의 이루어지지 않는다. 아무리 서로를 마주본다 해도 그 시선 끝에 있는 것이 내 앞에 있는 그 사람이 아니라면, 그 사람에 대한 오래 굳어진 지식을 바라보고 있는 것이라면, 소통은 이루어질 수 없을 것이다.

　이지명의 「엄마의 과거」는 북한에 만연한 황해도 지역에 대한 편견과 차별 문제를 보다 더 중심적으로 다룬 소설이다. 이 소설의 주인공 연희는 황해도 함지골 사람으로, 함경북도 출신 제대군인 학수와 결혼하여 함경북도에서 새 삶을 시작한다. 그러나 "한 대 주어 맞은 놈처럼 뗑 하다"는 황해도에 대한 편견이 연희를 끊임없이 괴롭힌다. 시어머니 한씨는 "남도 씨다구들 제 구실하는 거내 못 봤다. 뗑해도 년이니 어련할까" 하며 계속 연희를 구박하고, 동네 사람들도 꼬마아이에 이르기까지 모두

가 연희에 대한 험담을 주고받는다.

한 씨가 푸념을 하다 휑, 바람을 일으키며 대문 밖에 나간다. 저 쯤 되면 동갑네 집에 가 옆집, 앞집 건넛집, 길 건너 아파트까지 드르르 소문나도록 별의별 험담 다 쏟을 판이다. 그러잖아도 떵해도 며느리 맞았다며 눈 가로 째고 흠집 잡지 못해 몸살 떠는 사람들인데, 칭찬해 줘도 흉 될 판에 없는 것 있는 거 다 싸몰아 험담만 해대니 연희가 그 아무리 절색이고 품성 바른 색시여도 뒷욕은 늘 덤일 수밖에 없다.

떠나올 때 들은 농장 관리부위원장 동택의 말이 그래서 새록새록 머리에서 떠나지 않는다. 여기 북방사람들은 추운 곳에서 살아 그런지 드세기 이를 데 없고 옳던 그르던 무조건 남한테 이겨야 직성이 풀리고 모여 앉으면 남 흉질과 제 자랑에 앉힌 밥이 다 타버리는 것도 모른다.

학수가 승진하여 산골 마을에 작업 반장으로 들어가게 된 후로는 차별과 험담이 없는 곳에서 행복한 날들이

이어지는가 했건만, 연희가 달이 덜 차서 출산을 하는 일
이 벌어지고 만다. 연희가 낳은 아이는 고향인 황해도에
서 부위원장 동택과의 관계에서 생긴 아이일 것이다. 소
설 도입부에 제시된 두 사람의 대화에 따르면 동택이 강
제 또는 강요로 연희와 관계를 맺은 것으로 보인다. 그러
나 그 아이가 정말 누구의 아이였는지보다 중요한 것은
이 일을 계기로 연희가 황해도 출신이라는 점이 다시 부
각된다는 것이다. 산골 마을의 주인집 내외는 연희 부부
를 살뜰히 챙겨 왔는데, 그런 주인집 할멈조차 연희가 남
의 아이를 낳은 일에 대해 "뭐 그러려니 하지 멍청한 떵해
도 계집이라더니" 하고 말하는 것이다. 시어머니 한씨마
저 다시 찾아와 연희를 닦달하고 이번에는 학수도 연희
의 편을 들어 주지 않는다. 연희를 욕하고 때리기까지 한
후에 쫓아 보내는 학수의 심리 속에는 그들과 동일한 편
견이 자리 잡았는지도 모른다.

　　그러나 소설의 마지막 장면에 이르러, 연희와 함께 떠
났던 아기는 자라 청년이 되어 학수를 다시 찾아온다. 곧
바로 그를 알아본 학수는 처음으로 아버지와 아들로서
마음의 대화를 나누게 된다. 그런데 여기서 그들의 대화

속에 언급되는 송담과 노송의 이야기를 재음미해 볼 만하다. 학수는 청년에게 자신의 진을 빼는 넝쿨(송담)도 살뜰히 감아 키워 주는 노송 이야기를 하며, 자신은 그러지 못했다고 말한다. 학수의 마음속에서 노송은 자신, 송담은 연희와 그 아들인 셈이다. 그러나 청년이 어머니 연희가 자기 이름을 '송담'이라 지었다고 밝히며, "아버지를 따라 차별 없는 새 보금자리를 튼 이 산 계곡에 송담이 참 많았다고 하면서…… 어머닌 지금까지 단 한시도 이 산속을 잊지 않으셨"다는 이야기를 들려 주자, 학수의 생각은 뒤집히게 된다. 아내 연희가 노송이었으며, 그녀는 송담처럼 자신을 괴롭혔던 이 마을과 학수 자신에 대한 기억을 사랑으로 품고 살아갔음을 알게 된 것이다. 노송을 마치 아내인 듯 끌어안고 오열하는 학수의 등에 떨어지는 노송의 솔잎은, 괜찮다고 등을 토닥여 주는 연희의 손 같다. 그렇게 연희를 관찰하고 판단하던 눈을 감고, 연희의 눈으로 학수 자신을 들여다보고서야 두 사람의 대화는 이루어지는 것이다. 비록 연희는 세상을 떠났지만, 남겨진 아들 송담의 존재는 그들의 대화가 계속 이어져 나갈 것임을 전망하게 해 준다.

이 두 소설에 그려진 북한의 남쪽 지역과 북쪽 지역의 대립 또는 대화는 이 지점에서 우리에게 다른 울림을 준다. 두 소설에서 그린 것은 북한의 최북단에 위치한 함경북도 또는 양강도와 북한의 최남단 황해남도 사이의 이해의 골을 보여준 것이다. 그러나 이는 다시 한반도의 북단과 남단, 즉 남북한의 대화와 통일에 대한 제언이기도 하다. 같은 민족이라 하여 서로를 이해하는 것이 아니고, 같은 국경 내에 묶인다고 해서 서로를 받아들이는 것이 아니다. 자신의 눈으로만 상대방을 바라본다면 그 시선은 그 상대에게 온전히 가 닿지 못한다. 내가 너를 바라볼 때 너 또한 나를 바라본다는 것을 알고, 나아가 너의 눈으로 나를 볼 수 있을 때 진정한 소통과 대화, 진정한 통일이 이루어질 수 있는 것이 아닐까?

우리는 이렇게 황해도의 삶을 그린 네 편의 소설들을 읽어 보았다. 그 속에는 황해도 지역의 지리와 물산, 풍경도 그려져 있고, 황해도 사람들의 품성도 녹아들어 있다. 또한 그들이 꿈꾸는 한반도의 미래에 대한 제언도 살포시 스며 있는 것 같다. 지금 우리를 가두고 있는 틀을 과

감히 깨 부수는 것, 그러면서도 함부로 서로를 제단하거나 평가하지 않고 서로의 눈으로 지그시 바라보는 것, 그렇게 손을 잡는 것. 그것이 통일 한국을 향해 우리가 걸어야 할 소중한 한 걸음이라고 그들은 말하고 있는 것 같다.

아직은 우리가 발 디딜 수 없는 땅 황해도, 그러나 그곳 사람들의 삶을 들여다봄으로써 우리는 조금 더 그곳을 가깝게 느낄 수 있었다. 그들이 본 교동도의 불빛과 그들이 먹은 조개 불고기의 맛, 그들이 만진 도자기의 굴곡과 그들이 나눈 사랑까지. 머지않아 통일 한국이 이르렀을 때 우리는 곧 그들처럼 보고, 먹고, 만지고, 나눌 것이다. 그리고 그때 그들과 손을 맞잡고 서로를 바라보며 이야기를 나눌 때, 그 옛날 소설책 속에서 당신들을 보았노라고, 그때부터 우리의 만남을 손꼽아 기다렸노라고 말할 수 있다면 얼마나 좋을까. 이 공동소설집이 그때 우리가 나눌 이야깃거리의 하나가 되기를 바란다.